臺灣近百年研究叢刊

林政華著

臺灣文學汲探

文史哲出版社印行

國家圖書館出版品預行編目資料

臺灣文學汲探 / 林政華著. -- 初版. --臺北市 :
文史哲,民 91
面; 公分. -- (臺灣近百年研究叢刊 ; 9)
含參考書目
ISBN 957-549-424-5 (平裝)

1.臺灣文學 – 評論

829 91004856

臺灣近百年研究叢刊

臺灣文學汲探

著者：林政華
出版者：文史哲出版社
http://www.lapen.com.tw
登記證字號：行政院新聞局版臺業字五三三七號
發行人：彭正雄
發行所：文史哲出版社
印刷者：文史哲出版社
臺北市羅斯福路一段七十二巷四號
郵政劃撥帳號：一六一八〇一七五
電話 886-2-23511028・傳真 886-2-23965656

實價新臺幣二八〇元

中華民國九十一年(2002)三月初版

ISBN 957-549-424-5

踏話頭

快三年了，回憶一九九八年八月「流浪到淡水」，來爲才設立一年的臺灣文學系做工，兼任「官如芝麻大，事比牛毛多」（先師屈萬里院士語）的系務工作。本系是國內第一所也是至今唯一的一所臺灣文學系，因此，全國矚目、學校重視，再加上追求完美的個性，都有形無形的逼迫著自己前進，不得稍歇。

系務固然有壓力，做爲一位教師也一樣有做學問的壓力：如果在學術研究上沒有寸進，受害的是學生，也無法「號令」系中二十多位學有專精的專兼任同仁；所以儘管每年忙著大大（如：籌辦臺灣文學家牛津獎會議）小小的事務，仍需擠出時間來研究、寫論文。

這本《臺灣文學汲探》和另一本《臺灣文學教育耕穫集》，就是這三年硬擠出來的。本書有詩、小說、族語文學等數類，合計二十一篇文字：詩文學類最多，十三篇，古典詩、新詩均有佔一半以上；小說四篇，族語文學和綜論類各有二篇。

書中有長篇論述，有考證，也有「感性的」文學評論。字裏行間流露著筆者對臺灣、對本土文學的愛與堅持。它們雖然距離理想尚遠，總不負當初毅然決然到美麗淡水、古蹟校園，來奉獻所懷使命感的初衷。敬祈　方家不吝指教。

二〇〇一年三月　林政華自序於
眞理大學臺灣文學系向海樓

二〇〇二年三月後記：筆者本擬於真大台文系奉獻至退休，然情勢不許，於二〇〇一年七月辭離。其原因有不值為外人道者。如讀者欲知其詳，則請向陳凌副教授打聽；葉校長和他知情。

臺灣文學汲探　目次

◎小　說

◎族語文學

◎綜　論

詩文學

臺灣古典詩的發展與欣賞

『臺灣古典詩』，是指有關臺灣本地（註一）的韻文，而用傳統詩、歌、詞、賦等藝術形式所表現出來的。它成立的基本條件，是要具有『以臺灣爲主體』而表現的內容；因此，並非所有臺灣過去三、四百年，甚至更早的漢詩，都可包含在內。

所以，只要認同或珍惜臺灣，爲它而寫出來的古典詩形式的作品，都是本篇研討的對象。它有臺灣人的生命情調、人格特質，或是寓情於景的深刻內涵，在在都有表現臺灣、認識臺灣，進而興發疼惜臺灣的情操之作品。

一、臺灣古典詩的歷史分期

臺灣古典詩的歷史，源遠流長，說晚已有三、四百年，早則達一、二千年。爲了研討方便起見，參考張其昀《臺灣史綱》（以文化層方法爲根據），和廖雪蘭（一瑾）《臺灣詩史》（文學發展）等的意見（註二），加上個人管見，將之分爲下述各期：

㈠先臺灣本地期（明鄭以前）

1.先住民期
2.澎湖期（唐至明末）
3.安平期（荷據、西治時期）
4.臺南期（明鄭時期）

此期大抵以臺灣文化爲輔，中國遊宦詩人認同臺灣者還不多。

㈡臺灣本地期（清康熙二十二年以後）

1.鹿港期（康熙二十二年至道光二十二年）
2.淡水期（道光二十二年至光緒元年）
3.臺北期（光緒元年至十一年）
4.臺中期（光緒十一年至二十一年）
5.基隆期（光緒二十一年至一九四五年）
6.高雄期（一九四五年以後）

此期的詩人漸能認同臺灣，描寫臺灣風物，表現臺灣人的想法與感情。這時期也逐漸有臺灣本地出身的詩人了。

二、先臺灣本地期的古典詩

遠古至明鄭末，臺灣的傳統韻文作品多無『本地性』；偶而有少數一二首，則被視爲拱璧，特感珍貴。

㈠先住民的歌謠

臺灣在地質學上所謂的『古生代晚期』，也就是距今二億四千四百萬年前，才由東海的大陸棚褶曲隆起，成爲海島。後與中國陸地相連，但由『更新世』（距今一萬年前）至今，又呈孤島狀態。

臺灣先住民在島上的活動，多則已有五六千年的歷史，他們留下若干口傳或後人譯寫出的韻文作品。唯這些作品的時代，尚無法一一加以考察。例如：

力力社飲酒捕鹿歌

來賽戲
種了薑，去換糯米
來釀酒，釀成好酒
請土官來飲酒
酒足後，去捕鹿
捕鹿回，又來賽戲。

如依漢譯，除末二句不押韻外，前四句押韻，並已懂得換韻。內容則表現平埔族民的樸拙生活和樂天爽快的性格；他們和諧合作，靠天吃飯。

另有〈蕭壠種稻歌〉：

同伴在此，及時播種
到冬熟後，都須備祭品
到田間謝田神

不知臺灣先住民的音韻情形如何；如依漢字，則首兩句押韻。此歌可見知先住民務農的生活，仍不脫一般民間信仰。

(二)澎湖期的詩

由唐至明末的臺灣古典詩，越早期越在眞僞上難以辨別；不過仍將之列入，以俟來者。

島夷行

唐・施肩吾

腥臊海邊多鬼市，島夷居處無鄉里；
黑皮少年學採珠，手把生犀照鹹水。

中國古代南宋王象之的《輿地紀勝》、明人黃仲昭的《八通關志》等等，均將此詩列爲臺灣古典詩之首，並且題爲〈澎湖嶼〉。雖然有人以爲『澎湖』指的是江西鄱陽湖的小島嶼；但是，吾人看詩中有『鬼市』、『黑皮少年』、『鹹水』等，實不在指江西鄱陽湖！

在施之前，《隋書》記載：煬帝大業二年（西元六○五年）起，已命朱寬、何蠻等人到臺灣附近，比施肩吾時代還早。

感昔　　　　宋・陸游

行年三十憶南游，穩駕滄溟萬斛舟，
嘗記早秋雷雨後，柁師指點說流求。

柁師，即舵師、船夫。流求，是中國隋代以後所稱的臺灣。此詩，今天讀來句句押韻，內容又清楚易懂。臺灣，宋人陸放翁遠觀而未上陸。

登明代穆宗隆慶進士第的蕭崇業，則到過臺灣附近的幾個島嶼，他的〈見山謠〉說道：

平嘉嶺已踰，雞籠嶼安在。
花瓶隱不浮，釣魚沉翠黛。

平嘉、雞籠、花瓶和釣魚四者，是分佈在臺灣附近的島嶼。

而神宗萬曆時，寧海將軍沈有容東征，平定倭寇，著有《東番記》、《舟師客問》，足跡僅及澎湖；所以，以上稱爲『澎湖期』。

㈢安平期的詩

荷蘭、西班牙相繼占據臺灣，這期間，以臺南的安平爲中心，也有許多韻文值得重視。例如：明神宗萬曆二十九年(一六〇一)，荷人侵臺，沈有容將軍諭退之；詩人陳建勛歌詠此事，作〈諭退紅夷〉一首，述及軍容的壯盛，說：

艨艟百丈勢如山，矯汎揚帆泊海灣，

黑齒紅毛驚異類，輕裘緩帶破愁顏。

其實荷蘭人武力也不弱，其樓船之盛，高兆有〈荷蘭使舶歌〉說（見所著《固齋集》）：

橫流蔽大船，望之若山墜；
千重到樓櫓，五色飄幡幟；
飛廬環木偶，層檻含火器。
……

詩固然可以記史，也可以寫軍戎戰事。

㈣臺南期的詩

此期專指明鄭時代。自鄭成功據臺至鄭克塽降清，明鄭時期雖僅二十三年，但對臺灣之影響很大；因爲中國漢人大批來臺，文士耆儒也漸多，帶來若干大陸性文化。臺人是幸或不幸，也以此爲開端。他們活動範圍在金門、澎湖和臺南，而以臺南爲中心。

明鄭治臺，毀譽參半，贊美的一般文字已多；加以批評的，以盧若騰的〈番薯謠〉最著名。試看下面一段：

……根蔓莖葉皆可啖，歲凶直能救天災；
奈何苦歲又苦兵，遍地薯空不留荄。
島人泣訴主將前，反嗔細事浪喧豗。

加之責罰罄其財，萬家飢死孰肯哀？
嗚呼！萬家飢死孰肯哀！

此外，在明鄭末期政局日非，恢復無望，詩人徐孚遠藉懷兵部侍郎王忠孝，而寄託其意，其〈再懷王先生〉一首說：

生平二老髮俱華，執手徘徊歎（嘆）路賒；
適野於今方失道，臨河往日亦回車，
清音未絕彈流水，紫氣全消感莫邪，
相見勿言人世事，溪邊依舊種桃花。

『相見勿言人世事』，多傷痛之語！明室恢復無望，也只得在臺灣種桃花，隱居在臺灣這個世外桃源了！

被稱爲『臺灣文獻初祖』的沈光文，創立東吟詩社、教化子弟、致力先住民開化，功在臺灣。他有〈臺灣賦〉一卷、〈文開詩文集〉三卷等。今存詩一○四首；有感時記懷及反映生活苦況、唱酬和描寫臺灣風物的內容。其中尤以末者最有可觀；例如：〈番婦〉五律一首寫先住民婦女，成爲後來許多臺灣古典詩的主題：

社裡朝朝出，同群擔負行。
野花頭插滿，黑齒草塗成；
賽勝纏紅錦，新粧掛白珩；

鹿脂搽抹慣，卻與麝蘭爭。

她們豔麗奇特的打扮，和漢女畢竟不同，正是入詩的好題材。清人張潮的《幽夢影》說：『物，須求可入詩』，是在指它的美吧！

又如：椰子雖然海南島等地也有，但是臺灣先住民製油點燈，卻是中國所不及；光文的〈椰子〉詩說：

箇裡凝脂徑寸浮，誰教番子製爲油；
窮民買向燈檠用，祇爲胡麻歲不收。

三、臺灣本地期的古典詩

這一期時代雖不長，卻是最重要的；因爲這些詩歌和臺灣土地有關，是臺灣人的美麗心聲。

㈠鹿港期的詩

1.康熙詩人

西元一六八三年，清康熙廿二年，鄭克塽降清，次年，清兵佔領臺灣。此後來臺的遊宦詩人，逐漸少了懷鄉之心，而多刻畫臺灣的詩文，因而古典詩也進入『臺灣本地期』。由此到道光廿二年之間，詩人的活動範圍，由鹿港而南及嘉義，和明鄭時的台南，遙相映峙。茲舉些重要詩人及詩作於後：

山東人王善宗，於康熙廿九年（一六九〇）來台。作『臺灣八景詩』，最爲膾炙人口，後來模仿其詩題的人很多。八景編及全島，有安平、雞籠（台北七星、大屯山）、西嶼（在澎湖）等，可見他的足跡之遠。試看〈安平晚渡〉一首：

滄海安平水不波，扁舟處處起漁歌；
西山日落行人少，帆影依然晚渡多。

由昔思今，如今安平港安在？不禁令人遙想起當年了！

滿州旗人齊體物，在康熙三十年（一六九一）擔任臺灣海防同知。他的〈臺灣雜詠〉一詩，旨在描寫臺灣先住民風俗，同上引沈光文〈番婦〉詩一般；但此詩遍及各種風俗，不只婦俗一端：

疑是羲皇上古民，野花長見四時春。
卒歲無衣赤雙膊，負暄巖下曝孫兒。
釀蜜波羅摘露香，傾末椰酒白如漿。
相逢歧路無他贈，手捧檳榔勸客嘗。……
燕婉相期奏口琴，宮商諧處結同心。……
要向眾中誇俠長，只論誰最殺人多。

詩中所描述的很多，如：上引沈光文談及椰油，此則提到椰酒。此詩又談及先住民檳榔待客的習俗、『琴挑』和『出草殺人頭』的特殊民俗，都與漢人不同。

郁永河，在康熙卅五年（一六九六）冬奉派來臺採硫礦，足跡遍南北；對臺灣先住民風俗，也有不同的描繪，〈土番竹枝詞〉說：

生來曾不識衣衫，裸體年年耐歲寒；
犢鼻也知難免俗，烏青三尺是圍闌。……

郁某以大漢沙文主義觀點看先住民不衣的風俗，用『犢鼻』一語斥罵他們。

他又批評先住民的裝扮美學，說：

銅箍鐵鐲儼刑人，鬥怪爭奇事事新。
多少丹青摹變相，畫圖那得似生成？……

自然固然是一種美，但是人爲的藝術美，也不能一概否定；郁某顯然是不懂美學，骨子裏依然是大漢沙文！

不過，郁氏所描述的『牛車形象』，則是臺灣古典韻文中蠻重要的主題。〈台海竹枝詞〉有下列一首：

雪浪排空小艇橫，紅毛城勢獨崢嶸；
渡頭更上牛車坐，日暮還過赤崁城。

此詩寫當時安平渡船多，商業、交通發達；也反映牛車在當時陸路運輸的角色。郁氏又有一首說道：

耳畔時聞軋軋聲，牛車乘月夜中行；

夢迴幾度疑吹角，更有床頭蝘蜓鳴。

臺人起早貪晚，以牛車運物，夙夜匪懈，努力工作，才爲臺灣拚出一片天。牛、牛車跟臺灣的運輸、交通、農業或經濟，均息息相關，在古典詩文中也隨處可見。

安徽桐城的孫元衡，於康熙四十二年（一七〇三）任臺灣海防同知。有《赤崁集》四卷傳世。其中〈裸人叢笑篇〉十五首，所記臺灣先住民風俗，與前人所記不同，更具『爆炸性』；唯由『叢笑』二字，可知他也是大漢沙文的觀點：

鼉鼓轟林人野哭，舉屍燻炙昢以燠，
蠅蚋不敢侵，螻蟻漫相逐。
埋骨無期雨頽屋，安置鬼牛與鬼鹿，
鬼殘日月傷幽獨。

孫某自注：「番死，鳴鼓而哭，火炙令乾，露置屋中。屋傾而後掩所遺；皆稱鬼物，無敢取者。號其婦曰『鬼殘』，衆共棄之。」此詩記的是先住民的傷葬風俗，如今之火葬或印度佛教等『荼毘』的觀點來看，其實並不必大驚小怪。

以上是康熙前期的詩壇情形，後期則以嘉義爲中心，因貴州人周鍾瑄在康熙五十三年（一七一二）諸羅知縣任內，延聘陳夢林來修《諸羅縣志》，文風爲之一振。陳氏作有〈玉山歌〉，是後世同類作品的先驅。

周氏在任內捐薪俸興水利，嘉義的埤、圳等都是由他擘畫的。他有《北行紀事》一書，所記卻是臺灣北部的風光民情。以下三首寫淡水：〈登八里坌山遠眺〉：

褰裳直踞千峰上，萬里蒼茫一色同，
遠矚但餘天貼水，近聞惟覺浪號風。
巨鼇有首低擎地，瘴雨無根直漫空。……

詩中表現登八里觀音山所見所感淡水河口的氣象。〈干豆門苦雨〉說：

無奈陰雲拂地垂，客愁如緒一絲絲，
那堪更向秋風裏，臥聽黃梅細雨時。

此詩是『懷鄉詩』，但它的背景卻是關渡的梅雨，所以值得紹介。

而〈淡水砲城〉一詩，對紅毛城的古老及其重要性，均有所描述：

海門一步地，形勢可全收。
欲作圖王想，來成控北謀。
臺荒摧雪浪，砌冷老邊秋。
欲問滄桑事，麻姑尚黑頭。

上述陳夢林有〈玉山歌〉，他又有精彩的遊記〈望玉山記〉，雖未登玉山，但對臺灣第一高山——玉山的描繪，想像文學之價值極高；此由其〈玉山歌〉對句，也可見知端倪：

須彌山北水晶宮，天開圖畫自玲瓏，

不知何能飛海東，幻成三個玉芙蓉；

莊嚴色相儼三公，皓白鬚眉冰雪容。……

此外，又有詩人阮蔡文，於康熙五十四年（一七一三），任北路營參將，遍歷南北先住民部落，對臺灣各地風土，尤其是人民生活疾苦，多所描述；如：〈大甲婦〉（見《淡水記行詩》）：

大甲婦，一何苦！

爲夫饁餉爲夫鋤，爲夫日日績麻縷，……

日計苦無多，月計有餘縷，

但得稍閒餘，軋軋事傴僂；

番丁橫肩勝綺羅，番婦周身短布袓，

大甲婦，一何苦！

寫的是平埔道卡斯族婦人之苦（註三）。而〈後壟港〉一詩，則寫苗栗男人，也就是臺人許多類似的全家之苦；其苦更甚：

雙溪奔流西入海，海勢吞溪溪氣餒；

銀濤翻逐緣波迴，遂使溪流忽然改。

番丁日暮候潮歸，竹箭穿魚二尺肥；

少婦家中藏美酒，共夫倒酌夜爐圍。

得魚勝得獐與鹿，遭遭送去頭家屋。

本詩技巧高明，峰迴路轉，末二句逼出主題：有錢有勢「頭家」的剝削、魚肉鄉民；其惡躍然紙上！

阮氏另有一首題爲〈淡水〉的詩，可說是自來寫淡水地理形勢，最重要也最深到的一首詩。其原文是：

淡水北盡頭，番居之所記。……
全臺重北門，鎖鑰非他比。……
大遯八里坌，兩山自對峙。
中有千豆門，雙溪南北匯。
北溪内北投，磺氣噴天起。……
沿溪一水清，風被成文綺。
踰嶺渡雞籠，蟒甲風潮駛。
周圍十餘里，其番稱姣美。
風俗喜淳良，魚鹽資互市。
南顧蛤仔難，北顧金包里；
突入紅毛城，頗似東流砥。……
殷勤問土風，豈敢厭俚鄙？

詩中，大遯（大屯）、八里坌（八里）、干豆（關渡）、蟒甲（艋舺、萬華）、蛤仔蘭（宜蘭）等，均用當時地名，無礙對詩意的表達。

又有藍鼎元者，在康熙六十年（一七二一）朱一貴之役時渡臺。著有《東征集》等。其中有〈臺灣近詠〉十首；其第十首將臺灣的安危影響清國人心的情形，刻繪得入木三分；詩說：

臺灣雖絕島，半壁爲藩籬。
沿海六七省，口岸密相依；
台安一方樂，台動天下疑。……
民弱盜將據，盜起番亦悲。
荷蘭與日本，眈眈共朵頤。……

『臺安』、『臺動』兩對句十字，筆力萬鈞；比起後來李鴻章割台時所說『鳥不語，花不香，男無情，女無義』的『溲辭』，眞不足以道里計！

臺灣美景處處，一般詩人多學唐，注意大景，少學宋人的細緻刻畫；黃叔璥是個異數，他在朱一貴之役後來臺，在大兵之後頗有興革，著有《臺海使槎錄》，是學者經常引錄的一部書。其中有〈過斗六門〉一詩說：

牆陰蕉葉依然綠，壟畔紅花自在紅。
冬仲向殊春候暖，蠻孃嘻笑竹圍東。

詩人似乎已融入臺灣，將斗六門一地的美景以及『人文活動』入畫來，眞是令人感動！

2. 雍正詩人

以下爲雍正時詩人。江蘇人夏之芳於雍正六年(一七二九)，任巡臺御史兼學政。著有〈臺灣雜詠百韻〉長詩。和郁永河等人一樣，他對牛和先住民都有詩描寫，而更付與深刻的關懷和同情；如：

> 牛車無日不當官，沒字郵符顚倒看；
> 踏水衝泥何限苦，忍教橫撻更無端！

詩句表面上寫牛，骨子裡寫的是文盲的先住民爲挑夫，在炎熱的夏天爲生活奔波的苦況。他也直接寫臺灣先住民之苦：

> 秋晝官催認餉忙，一絲一粟盡輸將；
> 最憐番俗須重譯，谿壑終疑飽社商。

可惡的社商是指何人？就是郡中有財力而認辦番社課稅事務的中間剝削者！

另有周于仁，四川人。康熙時，初任福建永春知縣。雍正十一年（一七三三），由將樂知縣調澎湖通判，秩滿仍留協辦。返中時，有〈留別澎湖諸同事〉詩，嘉許澎湖民風的淳良：

> 勞勞俗吏兩經遷，纔到澎湖便是仙；
> 盜息何須鳴竹柝？民良無處訴蒲鞭！……

他又有〈丙辰六月，別澎湖十六韻〉，寫得更爲詳盡，可謂澎湖的知音：

行年將六十，三仕到澎陽。……
天懸青共遠，水接碧同長。
颶發疑雷吼，沙飛似霧茫；
有時奔萬里，無計臥雙檣。
風景雖多別，民情卻甚良；
勤耕藷做飯，儉用布爲裳；
麥稻還須糴，豆麻尚可糧。
黍黃村火密，草綠訟庭荒；
柴戶何嘗閉？蒲鞭不用揚；
官閒惟嘯月，民樂可烹羊。……

安徽人士秦士望，雍正十二年（一七三四）任彰化知縣，振興教化，對彰化縣特致深情，有『彰化八景』詩，包括鹿港夕照、眉潭秋月、虎溪春濤等等。其中〈肚山樵歌〉一首，寫大肚山上樵夫太平自在的生活，一切都是那般美好：

山高樹老與雲齊，一徑斜穿步欲迷；
人跡貪隨巖隱鹿，歌聲喜和野禽啼。
悠揚入谷音偏遠，繚繞因風韻不低；

　　刈得荊薪償酒債，歸來半在日沉西。

打柴得與白雲禽鹿爲友，風景殊好，歸來且有夕陽相伴，人間難有幾回！秦氏是眞能體味臺灣生活的一位『中國客』！

3.乾隆詩人

雍正之後就是乾隆詩人的天下。陳輝，是臺灣縣（台南）的本地詩人，曾獲舉人。詩大多爲閒居之作；但〈買米〉一詩則爲例外，對台人生活的困苦，深致同情之意：

　　市米三百錢，皚皚纔一斗。……
　　臺人不皆貧，亦豈盡富厚？
　　菜色嘆時艱，枵腹絕薪樵。
　　官司榜平糴，人趨唯恐後，
　　一丁米三升，鞭扑驚且走。……
　　誰謂台陽地，盈阡更累畝？
　　名爲產米鄉，亦有幾人否！……
　　三炊雖舉火，茹草兼飯糗。
　　一聞米價高，嘆息謀萊婦，
　　高堂有老親，幼子尚黃口！
　　仰事與俯蓄，詩書非瓊玖，

欲賣不値錢，換米祗取咎。
洋洋泌水清，樂饑且自守。……
頗愛陶潛節，慷慨莫相負，
抗志養其眞，士行不可苟；
五斗懶折腰，三升豈輕受？
甘貧本素心，肉食非吾偶！

結尾展現出士人的風骨；詩的背景當是臺灣遇水旱之災時的窘狀。

浙人范咸，雍正十年（一七三二）擔任巡臺御史。著有《婆娑洋集》。其詩以歌詠臺灣風俗和蔬果花卉爲最多，尤其是後者，更爲傑出。如：〈臺江雜詠〉說：

占風小草宛如蓂，官廨初營有綠廳，
園地慣收百日赤，林間無改四時青。……

占風，指的是颱風草；蓂，即蓍草。百日赤，百日紅；四時青，疑指松柏終年不凋。（註四）同詩又說：

柑子甜過橘柚甗，西瓜元日得新嘗；
因耽蕉果能清肺，酷愛番榴是別嚐。
辨味誰能輸荔子，解饞人只食檳榔。
西方移得波羅蜜，又種菩提間扶桑。

八句中，就描述了柑、橘、柚、西瓜、香蕉、榴槤（番榴）、茘枝、檳榔、鳳梨和菩提果（色白，實中空，俗名染霧）等十類果品；特別是把檳榔也當水果吃。

上述秦士望有『彰化八景』詩，開後世寫一地八景詩作之先河。鳳山縣人卓肇昌，官揀選知縣，往高雄半屏山附近的龜山，主持龜山書院。著有《棲碧堂全集》；其中有『龜山八景』、『鼓山八景』等『八景詩』。尤其他掌教龜山書院，對龜山，晨昏相繫，最爲熟悉。試看（晴巒觀海），可感其氣魄：

絕頂晴峰陟，遙瞻碧海迎。
川光山上湧，巨浸望中生；
渾似凌天漢，依稀接玉京。……

浙江人錢琦，乾隆十六年（一七五一）來臺任監督御史。其詩多寫臺南和澎湖景物。文石是澎湖的特產，錢氏（澎湖文石歌）頗有可觀：

……蒼然古色露精堅，秀絕清姿工媚嫵。
几案有時煙雲供，光怪猶作蛟龍吐。……
惟恐神物不自主，夜半飛騰作風雨。

由於澎湖多風沙，土質也多鹽份，因此文石令人更覺難得。

4.嘉慶詩人

以下爲嘉慶詩人。湖北人吳性誠，於嘉慶十七年（一八一二）任澎湖代理通判，唱酬甚多。後轉鳳山縣丞，建阿猴書院。次年升彰化知縣，頗有政聲。道光四年，擢淡水同知，三年後秩滿離臺。他有〈入山歌〉，對臺灣先住民生活的各方面均有所描繪；如寫埔社的情況，簡直像世外桃源，頗為吸引人：

七十二社部落分，茹毛飲血麋鹿群。
中有曠隰名埔社，水繞山圍佳勝聞。
周迴斜闊幾百里，豐草長林平如砥。
雕題黑齒結茅居，歌哭聚族皆依此。
牧牛打鹿釣溪魚，不識不知太古初；
別有天地非人世，萬頃膏腴可荷鋤。

而廣西楊廷理於嘉慶十五年（一八一〇）奉命籌辦噶瑪蘭開廳事宜。（元年，吳沙已入宜開墾）其《東遊詩草》一卷中〈相度建蘭城並公署地基〉一詩，是今宜蘭的重要掌故之一。詩說：

背山面海勢宏開，百里平原亦壯哉。
六萬生靈新戶口，三千田甲舊蒿萊。
村春夜急船初泊，岸湧晨喧雨欲來。
浮議頻年無定局，開疆端藉出群才。

嘉慶時，臺灣土生土長的詩人輩出，詩作豐富，風格成就絕對不亞於中國遊宦詩人。

例如：臺灣縣（臺南）人潘振甲，是乾隆時武舉人，有軍功加六品銜。嘉慶十年（一八〇五），臺灣海寇蔡牽等的騷擾，勾通南北陸路，情勢危急，至次年二月始去；振甲寫〈乙丙歌〉記其事，詩末說：

閩粵泉漳隙易開，最難抵（底）定是全臺。
網漏吞舟魚又逝，寧知蔡逆不重來！

由此也可見當時臺灣受中國海盜侵凌的一斑了。

章甫，也是臺灣縣人，號半崧。工詩善文，設教里中。著有《半崧集》八卷；其中以攬勝之詩最多，如：「臺郡八景」（指全臺灣）和「臺邑（臺灣縣）八景」、「井亭（臺南市）夜市」等是。而〈望玉山歌〉對玉山的山景描繪如畫，可與上述康熙時陳夢林的〈玉山歌〉比看。

天蒼蒼，海茫茫，武巒後，沙連旁。
半空浮白，萬島開張。非冰非水，非雪非霜。
老翁認得眞面目，云是玉山發異光。
山上寶光山下照，萬丈清高萬丈長。
晴雲展招三峰立，一峰獨聳鎮中央。
須臾變幻千萬狀，晶瑩摩蕩異尋常。……

又有黃化鯉，臺灣縣人，爲嘉慶年間縣廩生。他是少數以甘薯入詩的人。可以稱爲

『地瓜詩人』。他的〈詠地瓜〉詩說：

獸掌龍蹄並有名，匀匀禹甸種初成。
自從海外傳嘉植，功用而今六穀爭。
味比青門食更甘，滿園紅種及時探。
世間多少奇珍果，無補饔飧也自慚。

青門，指長安一城門；門外種瓜，味美，又叫東陵瓜。（秦末東陵侯卲平故事）

彰化曾作霖，爲嘉慶廿一年（一八一六）舉人。其存詩多寫景，題材爲今彰化、臺中等地。如：〈鹿港飛帆〉所寫頗有史料價值：

鹿港沿溪大小舟，潮來葉葉趁潮流。
水花亂濺飛紅鷁，山勢隨奔壓白鷗。
幾點帆纔天際認，許多船在望中收。
傍人亦具英雄氣，破浪乘風往返遊。

由於鹿港在乾隆四十九年（一七八四）開設口岸，和中國泉州對渡，四百里間，一晝夜可達，航行也安全，故往來頻繁。

吳成家，是土生土長的澎湖東衛社人。早慧能詩，琴藝超人，但屢試不中。他有『澎湖八景』七言律詩九首，其中第一首是概說，把八景之名均寫入詩中。寫澎湖景多至八首，成家是臺灣史上第一人。

5.道光詩人

道光廿二年之前，政治方面，有鴉片戰爭、漳泉械鬥、閩粵械鬥等。在經濟方面，樟腦、煤礦受到英國人所覬覦。在社會方面，開墾水沙連（日月潭）及臺東；而艋舺地位也日趨重要。在文史方面，鄭用錫、曾維楨等中進士，各地建書院、修地方誌，地方士紳建私人庭園等，在在均與詩人作詩有關。

新竹鄭用錫，道光三年（一八二三）進士，爲臺灣第一位進士。家居讀書爲樂，後主持新竹明志書院，管教生徒嚴格。晚築北郭園，常邀詩人墨客吟詠其間，後成立詩社名叫『竹社』，唱酬尤多，臺灣文風逐漸北移。

其詩也發議論、評時事，開拓詩的領域，如〈風氣〉詩就是，詩說：

風氣日趨下，滔滔遞變遷。
何堪今日後，不似我生前？
狡詐心逾薄，驕奢俗自便；
誇多因鬥靡，踵事復增妍。
珍錯窮山海，香資費千萬；
人情忘庵樸，惡習更綿延。……
國帑虛誰補？民財困可憐。……
狂瀾流不息，空盼障川年。

一韻到底，又是說理詩，委實不容易！

又如他痛斥英人於道光七年（一八二七）首度來滬尾港賣鴉片之舉，說：

鴆毒來西土，斯人何久迷！
阿房二月火，函谷一丸泥。
能何心肝黑，全令面目黧。
昏昏成世界，竟認作刀圭！

『函谷一丸泥』，指函谷關天險，用極少數之兵即可扼守。鴉片之害，日政時尤烈。

他自訂『北郭園八景』，並一景賦一詩，爲『私園八景』詩寫作的開端。例如：（石橋垂釣）一首說：

且理釣魚絲，平橋獨坐時。
一竿遺世慮，最愛夕陽遲。

用錫詩在詩藝上，其實比較『平淡』。（連橫《臺灣詩乘》說）

頭份進士黃鑲雲也有『彰化八景』詩，道光九年作；其中（鹿港飛帆）一首所述，和嘉慶時曾作霖所寫同題詩的內容相較，又更可見臺灣在經濟上有很大的進步：

太平人唱太平歌，滿港春聲欸乃多。……
官軍錦艦飛如鳥，估客銀帆織似梭。……

江蘇孫爾準，於道光四年（一八二四）、六年（一八二六）兩度來臺。著有《泰雲堂詩集》。其〈噶瑪蘭北關〉詩說：

茆茨土舍雞犬靜，疑從上古窺洪荒。
鴃舌侏漓費重譯，見人狂顧如驚獐。
地無可欲視聽寂，安得習染生癡狂？……

其實漢人開墾宜蘭已有二三十年了，但在孫某筆下仍如此荒涼，可見先民開闢草萊的不容易了。詩中，孫某有中國沙文主義，姑不細論。

福建陳淑均，於道光十年（一八三〇）來臺，任噶瑪蘭仰山書院山長，後返國；又於十八年（一八三八）來主持鹿港文開書院。噶瑪蘭城於十年重修，依例作『蘭陽八景』詩。此時宜蘭已甚開發，可見五六年間宜蘭人的努力了。〈龜山朝日〉詩說：

昂然勢矗海門東，十丈朝暾射背紅。
員嶠戴星高出地，咸池浴水突浮空。
山銜泖鼻開靈穴，（鼻頭山）嶼轉雞心駕曉篷；（雞心嶼）
自是醮波常五色，對看隆嶺亦曈曨。

員嶠，海中仙山。咸池，日浴處。

㈡淡水期的詩

由道光二十二年，經咸豐到同治年間，由於淡水開港，臺灣文風已北移至滬尾港（淡水）。此時詩人作品均不少，其與臺灣本地有關的詩作，值得吾人研賞。

蔡廷蘭爲澎湖人士，道光廿四年（一八四四）進士。主講崇文書院。任官，頗有政聲。詩工古體，亦精駢文，有『澎湖第一才子』美譽。著有《香祖筆談》（讀書法）、《海南雜著》等。尤其他關心民瘼，悲天憫人，頗有唐杜甫之風。例如：咸豐元年，澎湖大風，鹹雨爲災。廷蘭非常著急，急作〈請急賑歌〉。筆力雄健，傳誦一時。如說：

救荒如救災，禍比燃眉燮。
杯水投車薪，燎原勢難撲。
嘆息此時情，烏焚巢已覆。
告急書交馳，請帑派施穀。
連月風怒號，滔天浪不伏。……
藜藿雜秕糠，終餐不一掬；
哀腸日九迴，何處求半菽？……

此歌呈上後，復有《續成長歌一篇》：

……貧民三萬七千口，量賑萬帑充饑腸。
極貧兩月得全活，次貧週月慰所望。
斟酌多寡不一例，其實次貧亦慘傷，
挪借稱貸計已盡，縱有田地難換糧。……

澎湖在今日仍爲最貧困縣份之一，在清領時代更可想見；詩人蔡廷蘭之心，亦可見知！

竹塹林占梅，家道富裕，好施與，曾助清攻英人，募勇守大甲溪阻止嘉、彰漳泉械鬥的蔓延、助平林恭之變與戴春潮事件等等，急公好義。又於家築潛園，禮待文士，也成立『梅社』相互酬唱。著有《林鶴山遺稿》、《潛園琴餘草》等。

其詩有行記、遊記、出征與時局、家居、書感和記地震等類。茲舉一二特別者如下〈師出香山途中作〉：

吹篷平明按隊行，旌旗映月向南征；
斬蛟膽氣豪看劍，汗馬功名壯請纓。
社勇練成弓箭手，軍心奮起鼓鼙聲。
釜魚穴蟻終誅滅，何事潢池敢弄兵！

將此詩和唐人邊塞詩相比，絕不遜色！

又〈地震歌〉記道光三十年（一八五〇）嘉義大地震的慘況說：

……耳根彷彿隱雷鳴，又似波濤風怒激。
濤聲乍過心猶疑，忽詫棟樑能動移；
頃刻金甌相傾碎，霎時身體若籠篩。……
悲風慘慘日無光，霎雨晴空成晝晦。……
更有樓居最動搖，欲下不得心急焦；
心急勢危肝膽碎，失足一墮魂難招。……

淡水大隆同莊〈今臺北大龍峒〉人陳維英，文宗咸豐九年（一八五九）舉人。在宜蘭仰山書院、艋舺學海書院教書，有功教化。晚年，在劍潭畔築室，名『太古巢』，有〈太古巢即事〉七律一首，說：

隔一重江佛國開，劍潭寺在碧雲隈。
山僧解得通音問，日送鐘聲渡水來。
白雲爲我鎖柴扉，俗客不來苔蘚肥；
欲煮新茶將葉掃，風吹詩草並花飛。

福建劉家謀，於道光廿九年（一八四九）任臺灣府訓導。著有《海音詩》，寫臺灣典故甚詳；如：

眞教澎女作臺牛，百里飢驅不自由；
三十六村歸未得，望鄉齊上赤崁樓。

澎湖婦女之辛苦有如臺灣牛。咸豐一、二年之交，澎湖大飢，澎女被載至臺南賣作婢女者很多。官員徐宗幹諭富紳贖其身，稻熟後給路費，載還其家。

爭將寸草報春暉，海上啼烏作隊飛。
慷慨更無人贈麥，翻憑白衲共成衣！

自註：『家貧親老者，或十人或數十人爲一會。遇有大故，同會者醵金爲喪葬之資；競赴其家，助奔走焉：謂之『父母會』。』這是臺灣早期的好傳統，應保存而發揚光大。

(三)臺北期的詩

由德宗光緒元年至十一年的臺北期，在政治上，於光緒元年，設臺北府；十年，中法戰爭，次年，臺灣建省。在文化方面，光緒六年，臺北府建臺北儒學及登瀛書院；光緒八年，馬偕牧師在淡水砲台埔建新式大學——牛津理學堂大書院。十年，馬偕又設女學堂。大量中國人湧入臺北，加上臺灣士人的雅好，臺北詩壇盛極一時。

臺南府人施士洁，同治十三年（一八七四。註五）進士。曾掌教彰化白沙書院、臺南崇文書院及海東書院。其詩在乙未割臺前，意態悠閒，語語淡雅，如：〈大武攏秋夕〉詩：

清晨不知倦，一燈眠獨遲。
豆棚風欲剪，竹屋雨如絲。
喚茗驚僮夢，焚香讀杜詩。
倏然千萬籟，秋在五更時。

江蘇王凱泰，道光進士。光緒元年（一八七四）來臺，行政清平，海波不興。著有〈臺灣雜詠〉三十二首（續詠十二首），內容多記臺灣民俗土宜；例如：

海上猶存樸素風，檳榔不與綺羅同；
無端香火因緣結，翻笑前人製未工。

自註：『檳榔扇頗爲古樸，大都鄉村中用之。——近者犀柄錦邊，藝香圖畫，聲價昂而本眞失矣。』

安徽合肥人劉銘傳，字省三。少有大志，屢建大功。光緒十年（一八八四）渡臺，十一年臺灣建省，爲首任巡撫。他在臺六年，擊退法軍，開山撫番，興建鐵路，大有政聲。年五十九卒，追贈太子太保，諡號壯肅。他是第一位將臺灣帶向現代化，功業不朽。著有《大潛山房詩抄》。

省三曾忙裏偷閒，遊山釣溪，令人神往；其〈遊古奇峰垂釣寒溪〉一詩說：

山泉脈脈透寒溪，溪上垂楊拂水低。
釣罷秋光閒覓句，竹竿輕放斷橋西。

垂釣、賦詩，心情閒適莫過於此。

廣西人唐景崧，清進士。曾與劉永福破法軍於越南。光緒二十年（一八九四）撫臺。早在十八年已在臺北成立『牡丹詩社』，相互吟詠，一片昇平景象。例如：〈品茶〉詩說：

消閑何物最留連？井裏清泉竹裏煙，
領略餘香當酒後，徘徊佳味在花前。
功能破睡參餘潤，悟比談經得妙詮。
苦境偏嘗甘境出，茶神從此有眞傳。

對茶和品茶的功用、意趣，敘寫頗爲有味。不料二年後，乙未四月八日割臺，臺民自立

『臺灣民主國』，景崧被擁立爲大總統。不幸基隆失守，所部兵叛，景崧失措，挾款而逃。

福建晉江蔡德輝，寄籍彰化，光緒間生員。設帳課讀。著有《龍江詩話》。他曾寫日月潭風光，頗爲傳神，〈沙連即景〉四首之四說：

沙色分披水色連，水沙連處地名傳。
四圍耕種無荒土，千仞登臨有洞天。
虯影削成松作棟，龍孫養就竹如椽。
遨遊海外知多少？勝概應推此地先。

㈣臺中期的詩

光緒十年至二十一年，是爲臺中期，像丘逢甲、謝道隆等，多活躍於台中，文風爲當時全台之冠。光緒十年，中法戰爭，次年，臺灣建省，劉銘傳任巡撫，積極建設臺灣。十六年，臺北府設「番學堂」。十八年，臺北設通志局，修臺灣通志，各縣、廳分撰採訪册。二十年，移臺灣省會於臺北，清日因朝鮮東學黨之亂而爆發甲午戰爭。彰化李清琦中進士，再中翰林。二十一年，馬關條約割臺，臺民成立臺灣民主國；日本以武力征臺。

這一時期，中國大批官吏、幕客湧入臺灣，臺省爲科舉人士雅好之地，詩壇活躍，文風頗盛。

丘逢甲，字仙根，號倉海君，彰化翁子社（今臺中大坑）客家人。自少勤苦讀書，光緒十六年（一八九〇）中進士。乙未割臺，逢甲提議臺灣自立，自任團練，統率義軍。事敗西渡。

丘詩與黃遵憲齊名，唐景崧屢稱爲「丘才子」。著作多，今存《嶺雲海日樓詩鈔》，計一六八五首，其中約千首均爲懷台或撫臺灣有關。如：《離台詩》六首之一說：

宰相有權能割地，孤臣無力可回天；
扁舟去作鴟夷子，回首山河意黯然。

鴟夷子，指春秋越臣范蠡；范氏佐句踐滅吳後，知句踐不可共安樂，故乘坐皮製鴟鳥形皮筏浮海而去。之五說：

英雄步出即神仙，火氣消除道德編；
我不神仙聊劍俠，仇頭斬盡再昇天。

臺灣割日次年丙申，仙根撰〈春愁〉詩說：

春愁難遣強看山，往事驚心淚欲潸；
四百萬人同一哭，去年今日割臺灣！

他以詩當哭，嘔心瀝血，詞多激越。今人王遽常謂此爲逢甲衆多哭台被割詩中的「最哀者」。（見所作《國恥詩話》）他朝思暮想者臺灣：廬名「念台」、子名也是「念台」。後台中有私立逢甲大學紀念他。

和逢甲同時的客家人許南英，號蘊白，潮州人，後移台南。光緒十六年（一八九〇）進士。曾組浪吟詩社，協修《臺灣道誌》。平生多與台中友人交往。臺灣淪陷後兩度回台。著有《窺園吟草》一〇三九首，其四子爲許地山。

許詩善於敘事，〈無題詩〉則批評乙未割台時之漢奸，說：

壓境分驅十萬師，家家齊插順民旗；
傷心狐鼠憑城社，還嗾胡兒殺漢兒。

鹿港人，洪繻，原名攀桂，字月樵。臺灣淪日後，改名繻，字棄生，以著作詩文爲職志，不仕不赴考，不接觸日本人。其子爲洪炎秋先生。有〈重遊滬尾感錄〉十二首，其一是：

灣灣航路水遲遲，到處洋樓亞樹枝。
碧海青山潮上下，再來不似太平時。

之四說：

依舊雲山面面收，潮來碧海接天流。
紅毛城上一回首，已近滄桑四百秋！

又有〈遊臺北雜詠〉十首，可看出日政時的臺北街景，如第七首說：

金蚨百萬鐵車馱，南北遊人滿載過；
載到北城看賽會，會中倭女粵娘多。

謝道隆，字頌臣，臺中豐原人。乙未割臺，激於義憤，有『刺血三上書』的壯舉。後從丘逢甲爲義兵，失敗後逃閩、粵再返臺。有《小東山詩存》，內容多割臺之恨和念臺之悵。如：〈割臺書感〉說：

和約書成走達官，中原王氣已凋殘。
牛皮地割毛難屬，虎尾溪流血未乾。
傍釜游魚愁火熱，驚弓歸鳥怯巢寒。……

福建陳衍，號石遺。曾於光緒十二年（一八八六），應巡撫劉銘傳之招來臺一年多；但他以來臺爲苦，詩意雖雅無足取，但亦可一參。如：〈晚渡獅球嶺〉詩，說：

……已乘浮海桴，入此瘴霧國。……
地濁水氣腥，山惡月色黑。
停舟水返腳，沮洳不堪息。……

㈤基隆期的詩

基隆期，指廿一年乙未至一九四五年臺灣恢復，也就是日政時期。當時舊詩人以基隆爲活動中心。日人爲便於統治臺人而提倡古典詩文，臺灣士紳爲寄託情感、保存國粹，也不得不提倡，所以詩社林立，詩學也大興。

新竹人王松，字友竹，又字寄生(如洪繻之字『棄生』)，別號滄海遺民。爲人有奇氣，不喜做官，但以詩酒爲樂。乙未割臺，感慨時事，題其居稱『如此江山樓』，舉家渡中；及臺局稍定，始返。身歷時變(割臺)，多激昂傷感的作品，如：〈感述〉詩：

滄海遺民在，眞難定去留；
四時愁裡過，萬事死前休。
風月嗟腸斷，山川對淚流。
醉鄉堪匿影，莫作杞人憂。

板橋趙元安，別號一山。後建書塾『劍樓』，從遊男女弟子很多，如：駱香林、李騰嶽等，皆一時之選。他組織『劍樓吟社』，宗主性靈，重風騷。其〈悼亡〉詩說：

攔住汪汪淚，人前不敢啼；
百年魂已斷，一死夢終迷。
入室誰含笑？言歸孰問期？
鶯鶯兼燕燕，淒絕已成泥。

福建南安人黃河清，弱冠後來臺，居艋舺，工詩。設帳授徒，稱『薜蘿山房』，桃李多。有《薜蘿山房詩稿》，凡四二六首。河清長於詠物；如：《電話》詩：

言聽渾然晤對時，腔音無假貌難窺；
鏡中呼出佳人話，機上傳來故友知。
得藉雙方通契闊，憑將一線慰相思；

漫云道似天河隔，訴盡幽情不即離。

臺北大同區人黃水沛，號春潮。乙未（一八九五年）後，肄業日設國語學校；先執教，後轉任臺灣米穀工會常務理事、理事長；故其詩文多關係民生問題，風格寫實；如：〈食甘藷〉說：

甘藷非珍奇，民物念未止；
不待米如珠，田家多啖此。
顧我市居人，三餐聊異是：
紅瓜始登盤，兒女色然喜。……

新竹人張漢，字純甫。幼承父教，博覽群書。一九一五年與黃春潮等創詩社，改名『星社』，時開雅集。並與黃水沛創刊著名的《臺灣時報》，鼓吹詩學，獎掖後進。後移居基隆等地。

純甫詩備衆體，尤工律詩。有《守墨樓臺》四册，二千首。如：〈圓山砥石歌〉對圓山遺址出土石器頗有感觸；其原詩有：

劍花考古譚砥石，往往未語先嘆息；
篳路先民藍縷功，咫尺圓山有遺澤。……
自從石器兆胚胎，大石小石乃相迫；
或斧或鑿磨勵須，千日工夫成一夕。……

何以於今制作家，殺人利器偏充斥？
吁嗟砥石雖無情，奚忍助虐爲所役？
放置陬隅固其分，一塊黝然占一席。……

詩中暗喻今之制作家，專門製造殺人利器；天下不能太平，人民如何生息？可見其詩的內在實有偉大的人格情操在！

中臺灣櫟社創始人林朝崧先生，字俊堂，號癡仙。從弟即林獻堂。十九歲，爲邑諸生，二十歲值臺灣割讓，絕意仕進。於光緒廿八年（一九〇二年）春，倡設櫟社於萊園，互相酬唱，誘掖獎勸，不遺餘力。有《無悶草堂詩存》。

其詩造詣頗深，乙未西渡，有爲時局感傷之作。如：回晉江祖籍，該處舊爲清洪承疇故宅，藉批洪而見意：（〈所居洪衙埕，即清初洪經略承疇故第，今尙有祠堂在焉〉）

香火荒涼破廟空，廣庭灌木自成叢。
可憐遺臭眞千古，此巷如今尚姓洪。

三年後返臺，見十分蒼涼的故居，而賦〈歸故居〉（三首之一）：

我居楠木堂，堂後舊栽竹，
去時如人長，歸來長過屋。
蒼翠撲人衣，依依娛醉目；
愛之抱甕澆，何暇嗔懶僕？

癡仙有學養，有才氣，詩婉約淒愴，從弟獻堂先生贊美道：『含思婉轉，託興綿緲，務爲雅俗共賞之音』。而姪兒詩人林幼春先生更說：

吾島自斯菴（沈光文）以來而有詩，吾邑詩人自丘丈仙根而大著。島系中絕，諸老播遷；當鶯啞燕喑之交，有作唳鶴哀猿之逸響者，則叔父癡仙是已。

豐原人傅錫祺，號鶴亭。光緒十九年（一八九三）生員。日政時期爲塾師，主持《臺灣新報》漢文欄，執櫟社牛耳，櫟社因他而規模始大。著有《櫟社沿革志略》、《鶴亭詩鈔》等。

他工於詠史詩，雄渾有力，如：〈再次癡仙韻，送仲衡遊東京〉：

容易輕裝便出門，壯心肯爲名利昏？
一船琴劍航神戶，三月鶯花別大墩。
故里欲輸新學入，客囊還檢舊書溫。
同舟難逐林宗去，賣賦慚余滯兔園！

詩中寫及臺灣必須吸收日本文化；並述不易離開中國文化的歷史必然性。

王石鵬，新竹人，十歲能作對子，詩清警。後遷居臺中，與櫟社諸君子交遊。著有《臺灣三字經》等。詩〈生番道中〉寫先住民出草殺人情景，甚爲逼眞可怖：

隘寮高築大山顚，警鐸聲從谷口傳；
昨日野番祁出草，茶園十里絕人煙！……

大甲蔣龍，字雲從。曾與櫟社多人遊，交誼甚篤。著有《雲從詩草》；中有〈長日無事，偶憶櫟社諸友，各以絕句一首贈之〉，如：『贈獻堂』先生說：

樓臺花月漾清波，終日書聲出薜蘿；
富貴也知閒有味，出山時少在山多。

寫獻堂先生書生本色，淡泊名利。

臺中牛罵頭（清水）人蔡惠如，字鐵生。民國初年從事反日運動，曾在日本籌組『聲應會』、『啓發會』和『新民會』，並籌備《臺灣青年》雜誌，慷慨捐輸。一九二一年，參與創立『臺灣文化協會』，擔任理事，負責聯繫中國各地革命同志。不時揭發日本治臺之黑幕，斥之爲愚民政策、横暴榨取等等。一九二五年，因治警事件入獄；由清水至臺中監獄的火車行程中，民衆相送、隨行者多，『途將爲塞』。（〈意難忘〉詞自序）臺中警察署長驅散民衆，民衆散而又聚，反覆數次。鐵生當晚即塡〈意難忘〉詞：

芳草連空，又千絲萬縷，一路垂楊，
牽愁離故里，壯氣入樊籠。
清水驛，滿人叢，握別到臺中。
老輩青年齊見送，感慰無窮。
山高水遠情長，喜民心漸醒，痛苦何妨？
松筠堅節操，鐵石鑄心腸。

居虎口，自雍容，眠食亦如常，
記得當年文信國，千古名揚。

陳昭瑛《臺灣詩選注》說：『這闋詞從淒淒連空的芳草起興，暗喻自己品格之芳潔。……當是時，民衆不僅有『護送』惠如之意，尚有向日人示威之意。』甚爲確當。

臺中霧峰林大椿，字獻堂，號灌園；以字行。『獻堂之生也，犖犖有大志，一言一行，眞率無矯飾。……獻堂爲日據時期，臺灣民族運動之唯一領袖，許多抗日組織與赴日留學青年皆受其幫助。』著有《海上唱和集》、《東遊吟草》，後人抄輯《獻堂佚詩》二〇五首。詩風灑脫奔放，寫景有聲有色，而字詞淺白平淡；如：〈滬尾〉說：

觀音山上白雲飛，潮打長堤帶夕暉。
江海茫茫何處好？神州吾欲御風歸。

當時林先生尙有神州、祖國之情結；後來於一九五六年九月，客死於日本。

臺南連橫，號雅堂，又號劍花。光緒四年（一八七八）生。一生和新聞媒體、詩文結不解緣：光緒三十二年（一九〇六），創『南社』，三十四年移居臺中，宣統元年，加入櫟社。著有《臺灣通史》、《臺灣贅談》、《臺灣詩乘》、《劍花室詩集》和《臺灣語典》。又編輯《臺灣叢刊》，發行《臺灣詩薈》、《三六九小報》等。黃純青曾說：『吾臺淪陷五十年間，扶持正義，維斯文於垂絕者，唯詩。自明鄭建藩，沈光文斯庵初結詩社以來，二百餘年，其燦爛臺灣文學史上，亦唯詩。』雅堂即特重詩之臺灣文人，楊雲萍曾許爲『一代詩宗』。

其《劍花室詩集》係包括：劍花室內集——凡四五六首；劍花室外集二——四十九首；大陸詩草——一二六首；寧南詩草——二七五首。合計有九一五首。其詩風數變。現僅舉〈臺南〉一首爲例：

文物臺南是我鄉，揭來何必問行藏；
奇愁繾綣縈江柳，古淚滂沱哭海桑。
卅載弟兄猶異宅，一家兒女各他方；
夜深細共荊妻語，青史青山尚未忘！

自註：『連氏家族住臺南馬兵營，已歷七世，自被日人毀後，兄弟諸姪分居各處。』又說：當時子赴南京、長女寓上海；少女在淡水留學。

『彰化媽祖』賴和先生。爲臺灣新文學之父，生平事蹟廣爲人知。其古典詩近年方漸爲人所重。他從十五歲在小逸堂學詩起，即終身以之作爲感懷寄興的媒介之一。一九三九年仲秋，更和友人陳虛谷、楊守愚等人創立『應社』。他的詩在當年，也頗負盛名；數量在千首以上。

除一般作品之外，在臺灣古典詩史上，他仍以感時憂國，關懷民生的作品足以不朽。例如：〈送林獻堂之東京〉，三首之一說：

不避辛勤走帝京，伊誰甘苦識平生？

囂囂有口徒滋議，碌碌無能但吃驚。
壓迫自然生反動，艱難豈爲慕虛榮？
是非公理人心在，萬死猶當乞一生。

此詩在押韻上實有不穩之處，但對林獻堂先生臺灣議會請願運動很了解與支持，林氏對臺灣民族運動的貢獻極大。

在日政時寫人民的苦痛，〈吾民〉一詩說：

剝盡膏脂更摘心，身雖苦痛敢呻吟，
忍飢糴米甘完稅，身病驚寒尚典衾。
終歲何曾離水火？以時未許入山林。……

《獄中日記》的〈嚶嚶〉一詩，以人與蚊子互不兩立，來暗示抗日的雄心：

嚶嚶只想螫人來，吾血無多心已灰。
你自要生吾要活，攻防各盡畢生才！

在押韻上，首、二句當互換。

一般人多半引〈吾人〉詩中的兩句：『世間未許權存在，／勇士當爲義鬥爭』，來說明賴和先的偉大，筆者更願引〈欲渡〉一首：

欲渡迷津過，提攜及眾生。
眾生登彼岸，大道始完成！

看來雖是平常大乘佛理，但先生平生之志更見和盤托出。其偉大在此！

在臺灣古典詩中，本無臺南許丙丁之地位，但他的『二十字詩』，頗有博人一粲的妙用；而更重要的是它所反應的『背景』。許氏在一九三二年四月廿三日發表於《三六九小報》一七四期的前言中，說：『緊縮時代，各界赤字問題蜂起；至於詩界，亦提倡減字。今將絕詩約節，成二十字詩，……。』下僅引三首的第二、三首如下：

剋薄百萬巨資，慈善未出半厘。
一生所幹何事？細姨。（〈富豪家〉）

兄弟應該合和，見利大家操戈。
畢竟何人作弄？老婆。（〈兄弟〉）

在幽默中也反應出臺灣社會與女性的若干問題。

許氏在民謠填詞上，有膾炙人口的〈思想起〉、〈丟丟銅仔〉、〈牛犁歌〉、〈六月茉莉〉等等名作。而在創作歌詞方面，更有〈菅芒花〉、〈可愛的花蕊〉等作品，都令人盪氣迴腸。

臺南吳新榮，寫詩不拘語言、體裁，有日文詩、臺語詩和古典漢詩，甚至白話體華文詩等。今只提及古典漢詩體的作品。〈偶成〉一首，作於十九歲留學日本時，即已顯出其『猛志逸四海』的不平凡：

半夜天籟聲妙妙，慨心鬱勃制難消，

吾生已達一十九，誰道前途尚遠遼！

吳氏爲臺灣之民主、社會運動，有過諸多貢獻，在他一九三七年八月十三日的日記中，有首可以題爲〈不圖〉的詩，說：

不圖天下事，不讀社會書；
默默獨圖生，日日依然舊。

這首應是臺語古典詩（註六）。詩中具有『寧鳴而死，勿默而生』的自覺。

吳氏和賴和先、楊逵一樣，均曾爲臺灣而繫日本監獄，有詩表心聲：

坐獄如乘船，暫且別家園；
此去風波路，但願早日還。

此爲呂興昌編訂選集時所題〈獄中吟〉四首之三，詩句平平說出，卻是多少受難人內心深處的期盼！用『如乘船』的比喩，把它淡化也具體生動化地描寫，眞是神來之筆！而第四首與上引賴和先的〈嘤嘤〉詩，可說英雄所見略同，有異曲同工之妙：

可惡你蚊蟲！不知我何人？
黃帝子孫血，何能肥你身！

臺灣客家詩人吳濁流，生於一九〇〇年新竹新埔鎭。自學古典詩，曾參加過苗栗詩社。一生寫了六册詩集；收入《吳濁流選集》、《濁流詩草》（爲古典詩總集，共有二千零十二首）等。

據《鐵血詩人吳濁流》的作者呂新昌所述，謂其風格有五：一爲富有正義感，二爲有豐富的感情，三爲肯忠實的描寫，四爲善用自己的語言，五爲寓史感於兒女情調中。（註七）例如：

入眼山山山又尖，輕車一瀉彩雲間；
侵臺日寇今何在？惟有波濤萬頃寒。

這是所謂『富有正義感』的一首，題目爲〈過澳底〉。寫站在當年日軍上岸侵臺的地方，不禁生千古之感，令人悲慨。他又有〈重過澳底〉一詩，悲恨更是明顯，正氣凜然：

澳底灣頭舊跡存，當年日寇若雲屯；
而今尚有千秋恨，長作怒濤拍岸奔。

而在描寫浪漫情懷上，他則『肯忠實的描寫』，所以善於寫酒女、妓女的悲情。如他的〈江山樓畔四首〉說：

守株待兔可憐宵，頻送秋波粉黛嬌；
柱下牆邊裝媚態，臨風裊娜扭柔腰。
尋春蜂蝶此中求，欲摘嬌花任意遊；
那管美人身世苦，有錢人便可風流。

最難得的是吳氏的文學思想中，對古典詩有深入的了解和自覺的改革精神。他在〈漢詩必須革新〉一文中，對古典詩的了解，眞是透闢：

『漢詩之妙處，再拿畫來比擬，不是像寫實派的西洋畫，而是印象畫或是禪畫或是日本的俳畫一樣，是抽象或印象描寫。所以其奧義含蓄甚深，包羅萬象，雖隔數十年，任你吟詠千百遍，仍是餘音嫋嫋。』

楊守愚（一九〇五—一九九五年）是日政以至國府時期臺灣全方位『二世文人』（施懿琳副教授語），在小說、新詩、古典詩上均有大量著作。他的古典詩主題，有對勞工、農民、婦女的關懷，對知識階層的生活面相及內心世界的呈現；尤其是一九三五年即有〈農村什詠〉的作品；如：

種來蔬菜兩三畦，長短春蔥綠未齊；
日暮田疇巡水後，猶挑漏桶到籬西。

寫農民的繁忙，全家出動，也不一定溫飽，因爲有天災、人禍，尤其是殖民者的『催科吏』，那苛捐雜稅：

妻編草帽女芒鞋，九歲男孩也拾柴；
漫道全家能食力，門前時見到糧差。（什詠之三）

臺南鹽水黃金川女士，生於一九〇七年，死於一九九〇年。兄即黃朝琴，後任臺灣省議會議長。父由福建渡臺，由小本生意而買地經營糖廍致富；但日政時被徵爲製糖株式會社所有，經營權被奪。父早逝，母重視漢文教育，金川始得遨遊於文學天地，致力於韻語，有《金川詩草》凡三五九首。黃又加入月津吟社，遷居臺南府城。婚後育有五男三女，仍有韻文創作。

許俊雅教授謂其詩『聲律中規中舉，少有拗句，既不剛猛，也不過於哀傷，時時流露出其溫婉的性情，而其仁孝之思，尤爲時人所稱譽。』（註八）其內容有思親、寄兄、酬友、感懷等等，觸角很廣；但以攬勝觀景之詩爲最獨特。她的足跡，除日本外，遍及臺南、關仔嶺、赤崁城、壽山、阿里山、臺北、基隆等等，胸襟開闊，閱歷豐富，讓她的景物詩情景交融，旨趣高雅；例如：（〈小蓬壺春日雜詠〉）

日日看山倚畫樓，火車橋下碧波流。
青松幾樹門前立，傍晚人來繫釣舟。（之三）
輕帆遠逐汽車行，隔岸飛鷺映水清。
罷釣歸來天欲暮，紫籐花下看潮生。（之七）
春水春山最可憐，平原遼闊草芊芊；
庭前細數絲絲柳，牽盡飛花上畫船。（之八）

摹寫入神。其中自得、沖和的情境，眞令人神往！

一九一一年生於彰化的吳慶堂（一九九五年卒），是近年才被發掘的臺灣作家；呂興忠說他是『日據時代反殖民的無政府主義信仰者，一九三〇年代發表過小說、新詩，被日本帝國拘捕入獄，（。）出獄後，又以新劇到各地去鼓吹反日思想。國民黨時代，一樣的又入獄，一樣的默默（沒沒）無聞……。』（註九）

吳氏也有古典詩，詩的獨特處，在表現身世與批判精神。他的集子中第一首舊體詩，就是：〈出獄後訪秋宗遺族於鹿谷坪頂〉，目的在『傳達遺言』，令人情何以堪？

縲絏生涯歲幾巡，歸攜遺囑苦吟身。
螺溪遠涉悲流水，鹿谷重臨認劫塵。
埋骨青山楓染血，招魂落日淚沾巾；
母慈引導碑前弔，墓草萋萋愁殺人！

而〈鐵窗元旦口占〉給人的感受，也一樣難以將息：

晴空驀地起驚雷，不料名山伏禍胎。
惟有春風無厚薄，晨雞聲渡鐵窗來。

人——統治者日本人，實不如春風的有情。

吳氏當臺籍日本兵，充軍到菲律賓，千辛萬苦得以重還，那種『生還偶然遂』的悲喜，多年後仍牽動他的心，也牽動如今讀者情：

……休提椰嶼呻吟日，記取楓崖買醉心；
莫嘆霜華今兩鬢，生還應是喜難禁。（〈初秋夜語〉）

而〈中秋抒懷一〉說得更令人難自持：

……千里嬋娟菲島月，卅年魂夢秣陵碪；
碧瑤戰友無消息，葉落新霜冷薄襟。

㈥高雄期的詩

一九四五年，日本結束在臺五十一年的統治，臺灣古典詩也因中國文學的大舉移臺而沒落；但是，高雄的舊文人尚稍稍保留一線生機。傳統詩社的唱和不絕如縷，不在話下；而中山大學的簡錦松教授更提倡兒童讀古典詩、寫古典詩，而由唐詩入手。其作法對錯與否姑置不論，其熱心臺灣古典韻文的傳承，則無疑是可以肯定的。這一時期稱爲『高雄期』，也變得理所當然了。

附註

註一 施朝暉（史明）一九九七年五月七日在臺灣大衆廣播電臺，強調使用『本地』一詞，來與到海外的中國人用本土、唐山指中國，有所區隔。

註二 張氏分爲九期：㈠澎湖期（隋至明末），㈡安平期（荷、西時代），㈢臺南期（明鄭時代），㈣鹿港期（清康熙廿二年至道光廿二年），㈤淡水期（道光廿二年至光緒元年），㈥臺北期（光緒元年至十一年），㈦臺中期（光緒十年至廿一年），㈧基隆期（光緒廿一年至民國卅四年），㈨高雄期（一九四五年以後）。而廖氏的分期爲：㈠荒服時期，㈡明鄭以前，㈢明鄭時期，㈣康雍年間，㈤乾嘉年間，㈥道咸同年間，㈦光緒年間，㈧日據時代

註三 詳參李筱峰、劉峰松合著《臺灣歷史閱覽》頁二〇，自立晚報出版部本，一九九七年版。

註四 廖雪蘭《臺灣詩史》頁一二三，說：『百日赤指穀米種於田，穀白米赤，六七月種，百日可

收。四時春（華按：當作『青』）乃木葉終冬不凋。』

註五　陳昭瑛《臺灣詩選注》頁一四六，謂在光緒二年（一八七六）成進士。

註六　呂興昌編訂的《吳新榮選集》——（八十六年三月，臺南縣立文化中心出版）頁一九四，以為是『漢詩』，實誤；由押韻可知。

註七　見頁二二四——二三四，一九九六年四月，前衛出版社本。

註八　見《臺灣文學散論》頁一二九，三臺才女黃金川及其詩。文史哲出版社本，八十三年十一月版。

註九　《繪聲的世界——吳慶堂作品集》編序，八十三年七月，彰化縣立文化中心出版。

臺灣第一首新詩的作者與創作主題

一、臺灣第一首新詩誰屬

「第一」的探討，永遠是世人感到興趣的，因爲它具有那個領域裡的標識作用，也是那個領域的源頭活水；所以，如果第一、第二出現的時日相差無幾，而第二具有更強大的「標識作用」和「源頭活水」的影響力，則是否可以取代第一的位置呢？這是本文所要探討的主題。

拙文〈臺灣第一首新詩的思鄉主題——張我軍的〈沉寂〉〉（一九九六、八、十三中央副刊），近日得到先進陳明台兄的指教；他認爲〈沉寂〉不是臺灣第一首新詩，追風的日文創作〈新詩的模仿四首〉（政華按：「新」字衍文，詳下）才是；如果論華文詩，則施文杞的〈假面目〉一首也早於張氏。（八十五、十、四來函）

先考察追風的日文新詩；據成功大學歷史系所林瑞明教授所編《臺灣文學史年表》，是在西元一九二四年四月十日，刊於《臺灣》第五年一號中；而施文杞的〈假面具〉華文新詩，則刊於一九二四年三月十一日的《臺灣民報》旬刊二卷四期。以發表時間論，則施氏詩早於追風（謝春木筆名）；不僅如此，施詩的寫作，更是在一九二三年十二月二十一日，見李南衡主編《日據下臺灣新文學特選集》。至於張我軍的〈沉寂〉一詩，寫於一九二四年三月二十五日，由北京寄回國內，而發表於同年五月十一日的《臺灣民報》旬刊二卷八號上。

由上所考述，可知施氏的〈假面具〉確實早於張氏的〈沉寂〉，而爲臺灣第一首新詩。但是爲何有許多人（包括筆者）仍以爲〈沉寂〉早呢？且先比較二首原詩：

「哥哥帶著假面目，
跪在我面前，
我見著一笑。
哥哥！
你爲什麼要帶假面具？
快些脫下來罷！
使人們得見你的
『盧山眞面目』。(二)
假面具呀！
可惡的假面具呀！

你少些供人戴罷！
戴著善惡使人不曉，
人家於是利用你多少。」㈢

以上是施氏的詩。以下是張氏的〈沉寂〉：

「在這十丈風塵的京華，
當這大好的春風裡，
一個T島的青年，
在戀他的故鄉！
在想他的愛人！
他的故鄉在千里之外，
他常在更深夜靜之後，
對著月亮兒興嘆！
他的愛人又不知道在那裡，
他常在寂寞無聊之時，
詛咒那司愛的神！」

施氏的〈假面具〉，寫兄弟間的一場遊戲，哥哥戴假面具，弟弟看了，首先是笑，接著是發現它的假，隔絕了眞面目，而要哥哥快些脫下來，最後，咒罵假面具的可惡，因爲它讓人很難分出善惡，它只是受人的利用而已。基本上這是一首寫物詩，兼有的說理在末段有所影射，有所寄託。不過作者批評假面具，而未批評製作和利用假面具的人，則詩的深度仍不夠，也比較傾向政治性或社會性，對文學本身的藝術性、審美要求也較低微。

而張氏的〈沉寂〉，則具有濃厚的感情性，文學的質素充分，是以思鄉爲主題而含有愛情的渴盼。上引拙文曾說：「作者渴盼愛情是由於離家思鄉的寂寞無聊使然；詩中思鄉的句子雖少，卻是詩中情感的『主題』，是他寫作的動機。」又說：「鄉土情懷是古今遊子揮之不去的夢魘。近年已有學者稱張氏是『兩地情結的人』。」下文又提到張氏不到半年間，更有五首懷鄉的詩作。詩是文學之一體，而文學以感性的抒寫爲正宗；所以，張氏這首詩確實較施氏詩更富有文學的質素。在之後的一年中，張氏也寫了五十餘首詩，而出版了臺灣第一本新詩集《亂都之戀》，他的詩名確實超過作品不多的施氏許多。

因此，張氏的新詩〈沉寂〉雖然年代比施氏的作品略晚，但是，就它的「標識作用」、對後世的影響以及兩詩文學質素強弱的比較等等來看，列張詩爲臺灣第一首新詩，相信並不是太強詞奪理的事，尙請台文研究先進指教。

二、創作主題

中國第一部新詩集是胡適的《嘗試集》，臺灣的第一部則是張我軍的《亂都之戀》。張氏詩集中的第一首新詩，不是寫於臺灣，而是一九二四年三月二十五日寫於北京的〈沉寂〉。它也不是一般期待的反封建、反殖民的內容，而是渴求愛情和思鄉的情懷。

張氏時年二十二。此詩表面上寫男女之情多於思鄉，詩中的「T島」指的就是臺灣。張氏當時到北京就學，感情生活尚未有著落，所以有「愛人不知在那裡」的句子，渴望有愛情來滋潤遊子心中的「寂寞無聊」。

但是，吾人試加深入思考，作者渴盼愛情是由於離家思鄉的寂寞無聊使然；詩中思鄉的字句雖少，卻是詩中情感的「主題」，是他寫作的動機。畢竟青年對愛情的冀盼頓起但易於排遣，而對思鄉的情牽卻刻骨而難熬。

無疑的，鄉土情懷是古今遊子揮之不去的夢魘，近年已有學者稱張氏是「兩地情結的人」，王昶雄說：「張我軍有兩個故鄉，『一生在臺北、北京兩地間徘徊流連』。」彭小研（妍）就這樣巧妙地形容他的遭遇。」在那年十月張氏因盤纏用罄返回臺灣之前，不到半年間，就有下述五首懷鄉的詩，六月十六日作〈無情的雨〉一組十首，詩末張氏自注道：「這十首詩送與回到故鄉去了的甘振南君看。」羨慕甘君可以返鄉之情溢於言外。八月八日的〈遊中央公園雜詩〉，表面上寫對月的癡情，而骨子裡實希望明月千里寄相思，反映了他的思鄉之苦。

九月病中所作〈秋風又起了〉一詩，更以「海外孤兒」自喻，劈頭第一小節就說：

「秋風又起了。故鄉的慈母呵，／不知道您老人家，／怎樣地緊念著／海外的孤兒！」他先不寫思親，而寫「唯恐思兒淚更多」的慈母心，其情更令人感動。而十月四日寫的〈煩悶〉，則明白的點出是思鄉所致：「我站在老樹的背後，／沉思復嘆息！默默地，／偷聽了牠帶來底消息：牠說故鄉底風景如故，／只多著一個年老的母親，／日日在思兒心切，／……」手法和情調和上一首詩差不多。張父是在前二年逝世，所以多首詩中更表出對母親的思念。直到十月十四日在回臺的船上寫的名作〈亂都之戀〉，一組十五首，幾乎每一首都在訴說著對家鄉的企盼和回鄉那種「載欣載奔」的喜悅。

也難怪一九九五年十二月，中央研究院和臺北縣立文化中心同步舉辦的「張我軍逝世四十周年紀念展」的標題，會是——「漂（飄）泊與鄉土」了。這也是張氏長子張光正所說的「鄉土性格」。

由上面的敘述，可知張氏的「原鄉」確實是臺灣，他的長子也說他是「純粹的臺灣人」；而他最後也葉落歸根，於一九四六年六月返臺，曾擔任合作金庫研究室主任，主編《合作界》月刊等工作，而於一九五五年病逝。倒是呂興昌教授〈張我軍新詩創作的再探討〉一文，推測中國才是張氏「心靈的原鄉」，則有待商榷。總之，張氏所創作的臺灣第一首新詩〈沉寂〉的主題，在表現懷念他的故鄉「臺灣」，當是毫無疑義的。

賴和新近出土的新詩

一九九五年春季號的《文學臺灣》雜誌，刊登了〈賴和新詩〉廿三首。無法查考出賴氏寫作日期，主編彭瑞金則特別標明說是「賴和熱」的今天。照理應該立刻有人撰文加以探究；但是，將近一年了，迄未見到。筆者忘其固陋，拋磚引玉，擬試探其主題表現，以引起台文界的重視。

這廿三首新詩，半台文半華文依其內容可以歸納爲下列三大主題：一爲反抗殖民統治，凡有九首；二爲抒寫日據時代臺灣人生活的苦況，凡七首；三爲啓蒙台人的思想觀念與挽救當時的人心，也有七首。

一、反抗殖民

賴和的著名小說〈鬥鬧熱〉、〈一桿「稱仔」〉等，均強烈抗日。他新出土的新詩，也以此爲大宗，例如：〈代諸同志贈林呈祿先生〉，寫當年《臺灣民報》主編林先生對台人反抗日本殖民運動的貢獻，說：「成日家卻做了被人／驅策的馬和牛！」「奮起奮起……／願隨先生之後／完成我們／正當的要求」。最後一小節也一樣在鼓舞台人起來抗日：「美麗島上經／散播了無限種子／自由的花平等的樹／專待我們熱血來／培養起」。

而〈生活〉長詩對比台、日人生活的天壤之別，日人極盡享樂而壓迫台人，其反抗情操不言自喻：「一部分幸福的人／整日裡追尋快樂／靠著那不勞而獲的物質／怡娛他的精神／過著他奢侈淫縱的日／還欺著小百姓抵抗／仗著沒有出處的權威／肆意凌辱壓迫／威風地」。

至於〈奉獻〉一首，寫出台人掏心盡力奉承，所得卻是日人的黃牛欺騙，他藉「福音成空」來比喻：「天上的福音全然絕滅。／唉！這一段慘情卻教我何處去說」。「慘情」一詞，正是日據下台人生活的總寫照。〈有力者〉一詩，在批評日本統治者的無知，他們目前雖然是「有力者」，其實是「虛花的裝飾品」，並沒法眞正掌握自己的生命！

到了〈種田人〉一首，賴氏有了重大的反應，他呼籲「屈服在水平線下」，賣力耕作的臺灣農夫，「快抬起頭來罷／把眼睛放大些」，暗示了「造反」的企圖。其後一首〈壓迫反逆〉也明白指出反抗之意：「壓迫孕育反逆／……反逆得多數同情／反逆是人類自然的衝動」。造反有理！賴氏終於正式的喊出來了。

對於若干台人的逆來順受，不敢抵抗，賴氏則有「恨鐵不成鋼」的責備：「試問他所處的現實環境／實要進取努力／爲何反緘默」。（〈多數者〉）要台人自省自覺，來反抗殖民統治，和他其他小說作品的啓蒙作用一樣，是極其難能可貴的表現。

二、刻畫時代的艱難與殖民者的醜陋

此類內涵與上一類相關，因爲日人的殖民，臺灣社會才存在很多醜陋面，生活困難。例如：〈醉人梓舍之哀詞〉一首提到：「因他不善理財兼受幾家朋友拖累巨萬的財產傾喪且盡尚猶負債纍纍」，長達廿九字不加標點的句子，象徵時局的困難，反映朋友的拖累。但爲什麼朋友會如此？無疑是日人的剝削，以致台人生活艱困所致。而〈瘋人的叫聲〉一詩，則反映時代的「虛假」，說：「……都是虛詭無情／很使我覺悟了那假妝的世界人生／心裡無限地失望慘惻」。另一首〈可憐的乞婦〉，更明顯的指斥冷暖人間，不同情弱者：「向著那燒香答願／往來人低聲哀告／可是人們總沒聽見似的過去」。這些其實都有啓迪台人思想、觀念的作用。

至於〈山仔腳〉一詩，更清楚的痛陳環境遭受破壞而未見重建：「如砥的坦坦道途／經幾次洪水衝塌／破壞得崎嶇難行步／往日停車問路處，鼠蛇出沒無人性／只剩得流不去的牆基／圍著雜亂的竹草樹」。由此，當年臺灣鄉下的殘破可知！在全首詩押一韻到底的寫作才能，音樂性強之中，我們不要忘記它所要控訴的主題。

賴氏又常跳出現實的寫作題材，用較超然的角度來寫時代的共相；但無論他如何努力「客觀化」，仍無法完全超越時代的現實，因爲他生長在日據時代！例如：〈日傘〉

一首，以日傘爲象徵來談人生，說：「在生的長途上／……火熱的日輪／紅赫赫高懸頭上／有什麼去處能容我暫避」？「火熱的日輪」，是指日本太陽旗，也象徵日人高壓的統治，它自然無法讓台人「暫避」。

而這樣困苦的生活，也只有藉由做夢來期盼得到滿足與慰藉，〈晚了〉一詩說：「群動暫得安歇／各爭向快樂的睡鄉／尋視那理想中的夢境／藉他來將息半響（晌）」。時代艱難，人生痛苦，再做夢實在也無法擺脫殖民淫威下的命運：「人生間／都說著生的幸福／奈多數人門（們）／盡彀受生的束縛」（〈生的苦痛〉）。如何走出這些悲情？有待賴氏在思想、觀念的啓導。

三、啓導臺人的思想觀念

由於日本五十年醜陋的殖民，殘暴對待，台人生活苦不堪言。要反抗，只有繼續啓發台人的民族自覺，發揮傳統抗暴的精神，才能走出自己的路來。賴氏是當時最重要的啓蒙人物之一，在非文學作品中如此，在文藝作品中更是如此，而且表現得更動人。如：新出土的第一首〈感詩〉說：「試浴溫泉把塵襟滌去／獨可恨！不能洗我——被——／——污的形神——」。

對於殖民者要反抗，正如要先破壞才有新建設，〈破壞〉一詩的第二節明白的說：「宇宙一切的新建設／正在破壞中孕育出來／眼中所有的建設／都有破壞的痕跡／……

破壞是建設的成績，建設是破壞的功力」。不要以爲這是文字遊戲，其中包含著多深的政治哲理！

超然的來看人生，來探討做人，賴氏希望做個「眞實」的人，發揮「愛」，摒棄「憎」——如日本人之嫌斥臺灣人一般。〈希望〉詩說：「可麼我能做個眞實的詩人／表演我的自身／不敢拿文字做裝飾品」。賴氏意識到日人的欺壓台人，都是他們沒愛心，所以〈人心〉一詩頭兩句是這麼說的：「因爲人心忘不了愛憎／世界遂有永續的戰爭。」賴氏宣揚「愛」，也盼望大家愛國愛家，反抗殖民，還我臺灣獨立自主，〈祝吳海水君結婚〉一詩，正巧妙地暗示這個主題：

「更希望造成理想家庭／來光大新人名聲／悲天憫人鋤強扶弱的德性／遺傳給子孫，好擴張我族的繁榮。」

這廿三首新詩，因爲新出土已覺可貴，它們又可和賴氏已面世的其他詩、文對照研究，更加顯現賴氏愛國憂民的情操。即以新詩來看，和他的長篇名詩〈流離曲〉、〈南國哀歌〉、〈低氣壓的山頂〉等，可以相互印證，同其不朽。而各首中使用臺灣河洛語的詞句更多，更成熟；因此它們可能是賴和先晚期的作品吧？

故鄉的「情歌」

思鄉，是古今台外文學永恆的主題之一。近如報載藝人王渝文小姐到中國廣東拍片，因想家而「哽咽悲傷」；今天交通這麼便捷，台、廣相距又這麼近，仍有此事產生，可見家鄉給人的感情。而《詩經》小雅〈采薇〉中「昔我往矣，楊柳依依；今我來思，雨雪載塗」的對比表現，不知扣動了多少遊子的心！同樣的，一曲「孤女的願望」、「黃昏的故鄉」的臺灣河洛語歌曲，也數十年不衰的佔據著臺灣人的心房。而在本土新詩中，更多這種情懷的作品。

臺灣早期的社會普遍貧困，農村生活窮苦，許多青年男女被迫往城市發展，甚至遠渡重洋，希望衣錦榮歸後，有更好的出路；更有愛國愛鄉志士，不得已而流亡海外，但心繫故土。這些都造成爲數衆多的「異鄉人」，他們的心聲化爲文字，以詩最能曲盡其深情摯意；詩中聲聲呼喚著故鄉的名，讀了，沒有不令人含淚欲滴，甚至淚流濕襟的。

離鄉去國

離鄉的人，彷彿是「無家的渡鳥」（「黃昏的故鄉」歌詞）。在離去時就是不捨，例如：莊柏林律師的詩句：

「阮恬恬（悄悄地）辭別故鄉
失落了一向鄉心
只有忍心駛孤帆出港
駛向天邊海角（〈離鄉〉，台南縣文化中心版《莊柏林台語詩集》）

我們祝禱人遠行所說「一帆風順」、「孤帆遠影碧山盡」，均是古來極好的別離象徵，台南王寶星也有〈孤帆兮故鄉〉的詩（詳見黃勁連編《臺灣詩神》，台笠出版社版）。

日思夜夢

立志出鄉關，離鄉之後，遊子的心中沒有別的可以容納，除了時時刻刻的思鄉；更有進入夢中的，佔據了整個離鄉的歲月。周華斌〈他鄉的儂〉說：

「一陣　一陣
故鄉來的風
佇他鄉的海面催生著
一蕾　一蕾

白色的海湧
海湧催生著
激動的心情（黃勁連主編《抱著咱的夢》，台笠版）

「故國（即故鄉）三千里，去夢無一寸」，夢回家鄉，雖似畫餅充飢，但在精神上卻有快速滿足的準醫療作用，對遊子也不無小補。例如：黃勁連早年北上求學、工作，近年才返回故鄉，他時常夢回家鄉的大廟埕：

「阮在他鄉
不時咧探聽
故鄉兮風聲。
時常孤一個
街頭巷尾戇戇行。
阿兄，
阮思念汝，
汝諒必知影。
阮兮頭殼內，
不時出現故鄉兮大廟埕，
汝拍太祖拳兮形影。」（〈咱兮故鄉鹽埕〉，南縣文化中心版《黃勁連台語文

學選》）

而林雙不則代林義雄妻寫夢回宜蘭：「夢回臺灣／回到我們的宜蘭／夢醒後／異國的夜晚／已闌珊」「淚眼望斷／暗聲呼喚／臺灣啊我們的臺灣／可曾善待我那／我那正義的侶伴」（草根出版公司版《臺灣新樂府》），憶起當年林宅滅門血案的種種，此詩可爲歷史的見證。

在千里萬里之外的異國異地，夢回家鄉，更令人柔腸寸斷，黃勁連也高唱〈黃昏的故鄉〉：

「十年、二十年
水草的歲月
永遠持續這樣的祈禱
不變的姿勢向東方
匍伏於西半球的海岸
爲故鄉祈禱
對著澎湃的潮聲
面對遙遠的地平線」（台笠版《蟑螂的哲學》）

「水草的歲月」就是遊子的歲月。莊柏林律師更明白的說〈故鄉捌佇遙遠的夢中〉：「故鄉捌佇遙遠的夢中／五更暝的一粒星／看著將要落海的月娘／背起日頭要上山／面對田水背向天／甘蔗甜佇心內／蕃薯芳佇鼻內」（《莊柏林台語詩集》）。晨星、落月，詩人終夜不眠，那是怎麼的一顆心啊！

於是〈故鄉的歌〉永遠唱在異鄉遊子的嘴上、心中，莊律師又藉「一支草」、「一點露」和「火金姑」三種象徵，來寫鄉思：

「阮一定會轉去
若親像大頭香
搬徙草厝的時陣
心連心的密甜」
「日頭漸漸爬上山
露水漸漸散西東
飛去天頂變白雲
夜來稀微（惆悵）遊山」
「我的眠夢是
身軀有塗味
慢慢流的溪邊
石頭縫的內面」（《抱著咱的夢》）

詩人化作火金姑回到鄉溪邊石頭縫中，其企盼返鄉的熱切，一覽無遺！

還鄉路長

回鄉固然是遊子的期盼，但是回家的路往往覺得很長，很難熬；爲什麼？蔡秀菊爲蘭嶼雅美族生活在核廢料的陰影中，到台北抗議也沒有下文，她代爲唱出這樣的土地之歌：

「我永遠記得
一九八二年，他們來了
帶著怪手和起重機
還有執政者的悲憫
他們說
要蓋一座很大的魚罐頭工廠
……
一九九五年的今天
魚罐頭變成
九萬五千九百四十四箱
Anito（惡靈）
……

我永遠記得
一九九五年的別離
我們流浪到台北
……
我們卻流浪在台電大門口
對這個雅美人最恐懼的 Anito
做垂死前的怒吼
……
媽媽——
回家的路
怎麼那麼遙遠
遙／遠／遠／遠」（八十四、十一、十臺灣時報〈媽媽，回家的路怎麼那麼遠？〉）

而蘇紹連則以故鄉不變的、永久存在的東西，才是他的畫面作比喻，來表現對還鄉的切盼：「我想，我要再一次出去追尋，／……旅途的最後一站，／竟是我的家鄉，我回來，／三十年了，我說不出多麼高興啊。／我的故鄉，它在轉變中，／當它用新的面目注視著我時，／我發現：／它不變的，／就是我的畫面。」（〈鄉土，你是我的畫面〉，吳晟主編《一九八三臺灣詩選》，前衛出版社版）莊柏林律師的詩富有文學暗示、婉曲等手法，以感性之筆寫〈歸鄉〉前的心理，就已代表歸鄉的行動了：

「當所有的溪流
攏向海洋歸宿
當所有的白雲
攏向高山飄浮
故鄉的一切
緊緊相隨」（《莊柏林台語詩集》）

重逢如在夢中

但是，回到家鄉可能人事已非，景物更不再，臺灣的巨變，怎能令善感的文人、詩人承受？

「故鄉啊故鄉，你脱掉綠色个杉（衫），甘嬒受風寒
故鄉啊故鄉，你失去鳥蟲個聲，甘嬒無伴。
腳步踏佇回鄉的田岸路，搖動个心，親像風中个帆布。
一陣北風哥著土味鑽入心脾，打開心尚深个空虛。
……

休耕个田，土乾水凍，管（菅）芒，這一欉，彼一欉
年老个儂，枝斷葉殘，孤單，這一儂，彼一儂……」（八十五、七、廿四臺灣時報，王文德〈回鄉〉）

這樣的家鄉，不回也罷！但是，不行！鄉還是一定回的，因爲它畢竟是我們的根，「不管枝葉在何處，根是生長在這邊。」（孫儀作詞河洛語歌〈歸鄉〉）。故鄉，是我們土地之母，我們要讓她更健康，更美麗慈祥！

臺灣阿母的身影

在中國清末，梁啓超曾說：「爲女則弱，爲母則強。」全世界母親的形象，幾乎是堅強的化身，爲什麼？因爲她無微不至的愛護她的子女；而要達到這個目的，她經常必須更辛勤地工作。就在這種「宿命」中，往往呈現出母親悲慘的面相。許許多多臺灣的阿母，在五六〇年代更要面對世界罕有的二二八事變、白色恐怖，親離子散的噩夢！以上這些在本土新詩以及老歌中，都表現得淋漓盡致。

無微不至視爲平凡

一九九六年八月廿二日臺灣時報刊載加拿大卑詩省前一天，有一位媽媽帕洛琳女士看到一隻美洲豹攻擊她正在騎馬的六歲兒子，馬上拿起木棍趕豹，豹轉而攻擊她，她一面叫她大兒子和女兒把受傷的弟弟，拖到兩公里外的安全地帶求救。一小時後救兵來了，渾身是傷的她，那隻豹還趴伏在她身上。她以肉身擋豹口，救了兒子。這雖是特例，但是天下父母心，多是如此！給子女最好的，甚至「以身相許」；海瑩的〈互母親〉也這麼寫道：

「母親　我常常感謝
您互我的一切
是唔是上好的
我家已知影
我嘛會當確定
遮的
干礁汝則會當互我……」（黃勁連等著《抱著咱的夢》，台笠出版社，一九九二、十）

而倪國榮對〈慈母〉這種犧牲，有具體感人的描繪：

「把心血都流給孩子
以後
母親
枯萎成
一種平凡
把白髮從時間銀行裡

提兄出來時
母親
已顫危恂慄
不堪步履
蹣跚
該付出都已付出了……」（《笠》詩刊一五三期，一九八九、十）

操勞的身影

林央敏的散文「阿母」，寫嘉義太保鄉下的媽媽，爲子女賣果菜的形影，令人動容。而李退的散文〈賣菜阿母〉，記十多年前他父親經商失敗，法院查封房子，母親天未亮就已到果菜市場購貨，夕陽西下才收拾攤子，「整個人往床上一躺就睡著了，我看在心裡，目眶也紅了起來。」（八十五、十一、二十四民衆日報副刊）而李勤岸的新詩，則用對比方法呈現母親的辛苦：

「我出門的時候
媽媽正低頭編織籃底

我趕了兩場電影
媽媽織就四個籃底……」（〈媽媽和我〉，所著《一等國民三字經》，一九八七、十一，前衛出版社）

一勞一逸，母親的辛苦和慈愛，都宣洩無遺！

黃勁連先生一九九三年六月在台笠出版社出版的《偓促兮城市》中，先發表〈阮阿娘〉一詩，三年後的母親節（一九九六、五、十二）改題〈母親節互母親兮詩〉，字句上更精簡地把母親的勞苦刻繪得更深：

「阿娘，阮阿娘
天生兮業命
透早著出門
無閒甲日頭落山
伊無閒咧行田岸
伊無閒咧削根
剁蔗撢，搓草壅肥
伊無閒佇埕尾
疊稻草、絪柴
日頭赫爾大

伊大粒汗細粒汗……

阮時常佇三更夜半
想起阿娘中年守寡
伊兮艱苦、伊兮孤單
伊兮憂悶、伊受兮風寒
阮兮心情𣍐快活……」

這其實只是千千萬萬臺灣阿母的一個縮影。在困苦的年代或封閉的社會背景下，母親往往是悲慘命運的承受者，不僅是身體的勞累而已。

悲慘的面相

李勤岸的作品〈阮阿母的名〉，最能表現在傳統社會中的母親的悽慘命運：

「阮母姓陳，單名去
嫁互阮老爸姓李
煞叫做『李陳去』
意思無通偌好
運命無通偌好

其實，阮阿母本成唔是叫做『去啊』
伊是叫做『氣啊』
佃兜生一揞查某囝仔
佃老爸氣 kah 活 beh 死
就 kā 伊號做『氣啊』……

阮兜這旁的人攏叫伊『pù啊』
阿母猶未嫁來阮老爸佃兜
有一工，按田裡作穡轉來
看著 khǹg tī 大廳人 hēng 的大餅
聽講 beh 嫁互一個前人仔囝
煞放聲哭，那親像唔是 teh 辦喜事
一個面 àu tuh-tuh 那新婦仔
『pù啊』就按呢互人叫一世人……
阮老母佃後頭厝攏叫伊『看啊』

有時叫伊『金看啊』
阮外公外媽眞少來 kā 伊看
若有來嘛是大家你相我我相你
目屎含互 tiâu 咧……

阿母眞早就來過身
骨頭灰 khǹg tī 佛寺……」（《臺灣詩神》，台笠出版社，一九九六、六）

由母親的稱呼，就反映出她的悲慘命運，「蕃藷籤攪鹽花仔」、「無暝無日／儉腸neh 肚」的困苦生活，還未計算在內。

二二八母親受難

一九四七年的二二八事件，臺灣精英以至販夫走卒，受害無數。血債本要求血還，但是台人受了「以德報怨」的洗腦，不採用孔子「以直報怨」的做法，埋冤未白，臺灣現實政治仍不太平！也受白色恐怖之害者柯旗化的〈母親的悲願〉，李勤岸譯爲臺灣河洛話文，可以代表所有受害者母親的心聲：

「拜託唔通放炮仔
聽著炮仔聲我會起 siáu

我的囝啊，我的心肝囝
彼一工
你的目睭互人掩咧
身軀互人縛咧
Tī 銃聲中倒落去
血 kā 故鄉的土地染 kah 紅 kòng—1 kòng……

個 kā 你刣死
莊裡上優秀的大學生
個奪走我一切的希望
叫我按怎活落去
囝仔，我的心肝囝
阿母及你做夥的日子
相信無閣偌久
Tī 另外一個世界
我 beh kā 你攬互 ân-ân
互我敷你的創傷

減輕你的痛苦……」（《李勤岸台語詩集》，一九九五、十一，台南縣立文化中心版）

結語

趙美華作詞的臺灣河洛語歌「母親的愛」，開頭就唱著：「從來沒有說一聲愛，祇用行動來關懷。臺灣人的母親除了用行動之外，有時更用感性的「目屎」來作更大的表現，林煌坤作詞的「母親」說：「媽媽的目屎，滴滴攏是愛，有時流落來，有時吞腹內；歡喜也目屎，艱苦也目屎：歡喜咱成功，艱苦咱失敗。」臺灣的阿母塑造臺灣人特有的風格，勤儉、忍辱、負重、千折百回，一心爲家園的形象，永遠活在世人的心目中！

本土詩中阿爸的形象

也許在漢人的世界中，「父親」多半扮演家中嚴肅的角色；嚴肅則寡文，一般文學作品中很少寫及父親，如有，一定有特殊的表現。

在臺灣本土新詩中，描寫父親形象的，黃勁連是最多的一位；許多詩選、合集常選錄他的〈想阮阿爹〉一首。此詩寫黃父當民戲宋江陣棍棒手的印象：

「時常三更半夜……
行來公厝埕……
阮兮心肝底
那親像看見
鼕鼕兮宋江鼓仔聲
阮那親像看著
阮阿爹練丈二兮形影」

「阮想阮阿爹

伊短短兮生命
伊食兮鹹酸苦澀
阮兮心會疼」（《黃勁連台語文學選》，台南縣立文化中心本）

黃父一生吃盡各種滋味，短命而逝，勁連的另一首詩〈父親暗淡的笑容〉，更悲痛的詳述道：

「阮攏會想起
後來染了重病的父親
佇宋江埕愈跳愈下的腳
愈來愈暗淡的笑容
愈來愈暗淡的眼神
佇宋江埕
父親暗淡的笑容
予我非常的傷悲」（《蟑螂的哲學》，台笠出版社本）

「暗淡的笑容」影射父親生命將走到了盡頭。宋江手只是黃父的業餘客串，他的主要工作是需花費體力的苦力，搬糖、扛貨。勁連的臺灣河洛語散文〈回鄉偶書〉，記道：「十八歲起，伊道在蕭壠糖廠夯（舉）糖仔，在高雄碼頭夯貨，做苦力；出外食兮鹹酸苦澀。……阮阿爹兮力頭（力氣）誠（最）飽，跤路佫好（走路又穩），一口氣會當夯三包糖上棧，健步如飛，那像踏平地迄一樣。……三包糖仔，量其約仔（大約），至少嘛（也）有三四百斤。」（《潭仔墘手記》，台江出版社本）可見黃父是透支體力而早逝。爲何如此？當時所有的苦命父親，都是「爲著顧三頓、養飼厝內兮大細，加趁一寡（多賺一些）錢則（才）來拚性命」（同上黃文）。

現在五六十歲以上的父親，當年謀生沒有不苦的，黃父只是一個代表而已。向陽的〈阿爹的飯包〉是他自己常朗讀的、許多人常引述的詩：

「每一日早起時，天猶未光
阿爹就帶著飯包
騎著舊鐵馬，離開厝
出去溪浦替人搬沙石」

搬沙石是多吃重的工作！吃的便當理當很豐盛，很有營養才行，可是：

「有一日早起時，天猶烏烏
阮偷偷行入去灶腳內，掀開
阿爹的飯包：無半粒卵
三條菜脯、蕃薯籤參飯」

看得令人心酸心痛！向陽用兩段相近的句法作對比，呈現父親的「勤」、「儉」，還有那言外無盡的困苦。在這兩段之間，又寫他們兄弟有包子、豆漿吃，更對比出父親的偉大愛心：

「早頓阮及阿兄食包仔配豆乳
阿爹的飯包起碼也有一粒卵
若無按怎（怎樣）替人搬沙石」

不止林父（林淇瀁筆名向陽）如此，當時何父不然？而蔡榮勇用的是比較含蓄的手法，但用心仍是一致的，〈陽光在老爸身上〉說：

「太陽探出半個黃臉
爸爸　背著
一家人的肚子
四處馳騁　忙碌
四處尋覓　硬幣」
「黑夜前　呑下
夕陽　吐出
更多香味的糧食」（《笠》詩刊一五五期，一九九〇年二月出版）

一早，爲人父者就爲全家的溫飽而拚命，直至日落黃昏；古來父職總是如此。而臺灣人的父親雖然嚴肅，雖然辛苦忙碌，但也有一種認命、包容的「修行」。李勤岸的詩很能表達這一點，且看他的〈聽到爸爸〉說：

「聽到爸爸的惡（噩）耗時
所有從小養大的眼淚……
滴滴爬回車禍的現場
眼看那車輪從爸爸的腿上輾過
眼看爸爸的腿沒有了肉沒有了骨
僅剩下血
僅剩下一聲聲呻吟」（《一等國民三字經》，前衛版）

遭此不幸，李父本可怨天尤人，呼天搶地，對肇事者百般斥罵，但是，他認命了，原諒了司機，〈爸爸說〉一詩是如此的感人：

「運轉手，感謝你
你沒有逃掉
晚上下了工還有病房看爸爸……
爸爸說，……
他已經老了，耳朵老了，腿也老了
老了總是不中用，爸爸說」
「爸爸說他不哭了」
「反正也老了，裝個義肢勉強還可走幾年

反正孩子也都成年了」（同上）

勤岸所寫可能是自況，也可以反映臺灣父親的包容、勇敢和莊嚴的形象，永遠感動、指引著子女們人生的方向。臺灣爸爸和其他國家裡的父親相同，更有其特殊的誠於中發於外的「形影」！

甘薯命底好出頭

甘薯，一般人都稱番薯，這也許是因它原產於南美洲，明朝時傳入臺灣；但在今天，不宜再有「番」、「胡」等的稱謂。甘薯的塊根有甜份和香味，可以食用和製糖，用「甘」字稱它，是再恰當不過了。

即使到今天，甘薯在臺灣各地也都有生產，它的生命力特強。先民渡海墾荒時和日據時代，它是臺灣貧苦大衆的主食，賴以維持那卑賤的，被統治、殖民者輕視的生命，明代詩人盧若騰所謂：「根蔓莖葉皆可啖，歲凶直能補天災。」如果說苦命女人是油麻菜籽命，那麼台人過去二、三百年是「甘薯命」了。而且臺灣的地形，也活像一條大甘薯；用甘薯來代稱臺灣，我們覺得很親切，很有草根性，並不以爲忤。

在本土詩作，尤其是臺灣河洛文學作品中，要以黃勁連的〈蕃薯兮歌〉，把甘薯和與它息息相關的台人的命運，描繪得很具代表性：「四百冬來／阮佇遮生活／有塗兮所在／阮就會大」「無怨天無怨命／阮是蕃薯兮／阮是蕃薯仔命／風冷霜凍阮唔驚／阮唔驚日頭赤炎炎／雨水淋老鼠來食／無怨天無怨命……」（下文及第四段略）「阮亦無怨命／星光閃晰兮三更半夜／阮恬恬祈禱、祈求／阮兮藤阮兮根日日大／阮兮枝阮兮葉代代澶」（一九八九年七月十八日作）。確實，臺灣人是甘薯命，受盡天災人禍的「洗禮」；但是台人絕不怨天尤人，反而活出堅強的國家性格和民族特質，愈挫愈奮，長期對抗強權，永不向命運低頭！因而終有出頭的一天。鍾鐵民散文〈大蕃薯〉說得好，它說：

「它實在生命力太強了，塊根的蕃薯切開來一片片，都能發芽生長，它蔓延的爬藤剪下來一小段一小段，全都能著土即活。不怕嚴（炎）熱乾旱，在鬆軟的砂圃上蕃薯結得更好更大。」

臺灣人甘薯命，正因此，如果有人作出傷害臺灣的言行，詩人就比之爲甘薯發臭，加以批判，甚至要送他進太平洋。黃先生的另一首〈臭香蕃薯〉，說：「佇立法院／牛稠內惡牛母／家治拍家己／蕃薯拍蕃薯／互老芋仔／店邊也笑甲／大喙開開／即種兮蕃薯／是臭香的蕃薯」（下三段略）「伊膾記家己／甘願做儂兮走狗／即款臭香、漸漸／卜爛去兮蕃薯／歸氣來飼豬、抑是摠落／太平洋飼鯊魚」。批評的是當年立院的亂象之一，那些同室操戈的蕃薯仔，也著實該受人批評。

另外，同是以臭香甘薯作比喻，胡民祥則在批評不能守住本土語言立場的臺灣政客，他的詩〈蕃薯兔著驚〉，一開頭就說：「蕃薯選舉鬧滾滾／台腳台頂攏是母語聲／選入立法院／變做芋出聲／蕃薯兔著驚／自古政客愛爽政治／伊是臭香的蕃薯」。（以下三段略）他在詩末則點出提倡母語文學的前景，說：「蕃薯臭香母語倒在半路／有聲無字文宣拍折／支那人煞敢鴨霸／文化會議母語失聲／蕃薯免著驚／完成賴和台語文學的路／咱道母語出頭天甚麼攏唔驚」。

臺灣這張「蕃薯仔地圖」（吳晟詩題），多少次被誤畫、割裂和污衊，有時也因和人妥協而成爲「變種甘薯」（林央敏散文詩題）；但是只要堅持「落土吥驚爛，藤斷發新蔓，根離莯新芽」等等的傳統台人精神（附註），一定有比今天台人的成就與國際地位更大的出路。大家只要腳踏實地，認同國家，臺灣人的未來必定比今天更好。

附註：明人何喬遠的〈番薯頌〉，頌揚甘薯守困、守讓、守氣、助仁、助禮、助斂，以及養老慈幼、平等及物與固廉廣惠等美德。其詳可參八十五年九月卅日自由時報，杜正勝〈番薯的象徵〉一文。

菅芒花的國格與文學象徵

國格

一九九六年冬日，報載新成立的建國黨，將於十二月讓全民票選眞正能代表臺灣精神的「國花」。姑不討論此舉的政治性問題，只就事論事，最能代表臺灣精神的花卉是什麼?筆者推薦「菅芒花」。

選舉國花的源起，報載該黨政務委員兼生態專家陳玉峰教授稱：「參加臺灣國花選拔活動的花卉植物，均是生長在臺灣已有百萬年的本土特有植物，全世界僅有臺灣才生長，……。目前已登記編號的花卉，依序是：玉山杜鵑、玉山薄雪草、高山山蘿蔔、玉山籟蕭、玉山繡線菊、玉山金絲桃、玉山石竹、臺灣一葉蘭、臺灣百合及臺灣欒樹等。」其中並沒有「菅芒花」。

陳教授所推薦的唯一標準，是臺灣獨有特有的花卉植物，但能否「眞正代表臺灣精神」?則不得而知。而且有許多花卉，可說「曲高和寡」，國民連其名字都是第一次聽到，更遑論看過它，喜歡它，而形成全民共識的「國花」了。國花，顧名思義，當是國人大抵都認識、認同和喜愛，而又具有提示國民向上，趨於生命尊嚴、民族發皇成就的啓示性……花卉植物。

因此，筆者推薦菅芒花，學名爲「五節芒」；「芒花」是它的簡稱。在臺灣，它是極爲常見的野生植物，像蒲公英一樣，只要它的小花苞因風一起，不管飄到那裡：山坡上、廢墟旁、石縫中，它就落地生根，隨遇而安，生機盎然；因此，甚至屋頂上、牆壁凹處，許多一般植物不可能生存的地方，也都有它們落腳。其生命力之強，在花卉植物中是數一數二的。這不正像三、四百年來臺灣人民生存活動的寫照嗎？趙天儀先生的詩〈芒草的天空〉說得好：

在遼闊的曠野上
一陣疾風
吹上抖擻的芒草
用堅韌的身軀
在曠野的地平線守望

芒草開花，滿山徧野，形成一片花海，美麗無邊，也像「美麗之島」的臺灣！無疑的，它應該代表臺灣，具有臺灣的「國格」，是臺灣的國花！

文學象徵

在臺灣文學的園地裡，出現不少以菅芒花爲表現對象的作品。菅芒在臺灣本是很平常的野生植物，不受一般人的重現，爲何獨獨受到詩人、文人的青睞？原來是它含有豐富的象徵意義，尤其更像臺灣人民的命運。

一般字辭典是這樣介紹菅芒的：「多年生草本，莖高六七呎。葉多毛，細長而尖。秋月抽穗開花，殼上具上芒。其小穗排列爲圓錐花序。」（參高樹藩《正中形音義大辭典》）它特殊的生態，早爲臺灣文人所取爲象徵，尤其是詩人和作詞家。「菅芒花白無香／冷風來搖動／無虛華、無美夢／啥人相疼痛」，這是早期許丙丁所作的歌詞，將秋天開花而且花又不香的菅芒，比作貧苦女人寂寞孤單的命運；其實它也像日據下台人的寫照，「只有風姨溫柔搖擺／顧阮的腰枝。……」

上首臺灣河洛語歌〈菅芒花〉是作詞者體貼貧女的作品。而莊柏林的歌詩〈菅芒開花〉，則不另作寄託，而是把它擬人化，有我之境的賦予菅芒「可憐飄泊」的性格：「秋天過去了後／近寒冬的下晡／阮的青春掛佇大屯山／近海的淡水河」「白茫茫告別的花枝／乎風吹閣乎雨渥」「請汝不通放袂記／爲汝開的花蕊」。莊律師自己寫這首歌詩的本事，說：「每一年的秋天，都會在都市偏僻的角落，偶然發現白色的絮花，孤獨地向你招手啊！他們存活的時間不會太久，粗魯的人類，會將菅芒連根剷除的。……因開車

一閃而過，菅芒似乎深情地向你告別啊！不要忘記，不要忘記，我是為你開的花蕊。」（八十五、七、九民眾日報）

但是，詩人也會由另一個角度去觀察，把菅芒花的另一面寫出：

阮是菅芒花
風雨攏無怨嗟
思念囥（「放」）佇心底
蒼白半生
春天走揣
秋風送阮渡霜雪（林建隆〈菅芒的春天〉，八十五年六月二十三日自立晚報）

菅芒對抗惡劣環境的精神，是值得人類借鏡的。而《心的翅膀》詩集的作者讚歎說：「白芒花／以一季的燦爛／在秋風中／恣情綻放生命的春」。至於趙天儀先生的〈芒草的天空〉一首，則用對比等手法，謳歌芒草堅毅地生活著，享受「沒人有」的天空：

在斷牆的廢墟旁
一片空地
擠滿了茂盛的芒草
以翠綠的顏色
舉起銀髮的旗幟

在遼闊的曠野上
一陣疾風
吹上了抖擻的芒草
用堅韌的身軀
在曠野的地平線守望

願我是那生命力旺盛的
一叢芒草
不管在廢墟旁
或是在曠野上
都享有一片自己的天空（一九九三年七月，中國北京人民文學出版社版《腳步的聲音》）

由一花而整株、整欉、整片菅芒，它的形象帶給作詞者、詩人許多的觸發，象徵著人性裡的某些重要情操；尤其是在特有的臺灣這個社會的環境下，菅芒有知，發揮了其他草木無法相比的象徵意義。

苦力無奈待人憐

即使到了外匯存底是世界數一數二的今日臺灣，苦力的遭遇依然令人同情，何況是日本殖民統治下的臺灣苦命人呢？當時悲苦的台人很多，可說各行各業均有：懷抱偉大愛心的詩人，描繪以及代訴的對象，如：女工（如：楊華有〈女工悲曲〉）、貧民（如：怯士有〈貧民嘆〉）、漁夫（如：漂舟有〈討海人〉）等等，比較常被人提及。而人力車夫的無奈，在臺灣被提起的機會卻不多，因此更值得加以探究。

臺灣第一代作家楊守愚，似乎對人力車夫特別同情，曾寫了〈人力車夫的叫喊〉和〈車夫〉兩首新詩；但是其他詩人卻很少表現此一題材。這兩首詩的創作，相距僅七八個月。前者發表於一九三〇年十一月八日的《臺灣新民報》第三三八期。詩分五節：第一節訴說人力車夫的辛苦工作。第二節續說他們辛苦的目的，是在「獲得一圓五角，回去買柴糴米。」這裡說的是「一圓五角」；接下來的一節說到經濟不景氣以及和自動車競爭時，收入竟縮減了十分之九：「也只有輕看了自己的生命，／和機械去拼（拚）個你活我死，／也只有廉賣了自己的勞動力，／零星地掙來了一錢五厘。」「一錢五厘」

雖然要和上節的「一圓五角」作大小的強烈對比，是寫作技巧上所必需，但毋寧說它是實情，不景氣時連「免費」的也幹，何況是「賤賣」勞力呢。詩末節更提到經濟恐慌時，「怎能不叫人愁慘哀喊，／怎能不叫人怒目而視？」這也正是楊氏稍後所寫另一首〈詩人時代的巨輪〉所表現的：「它給人們悲哀的眼淚」，「它給人們戰慄的恐怖。」

而另一首楊先生以筆名「村老」發表的〈車夫〉，刊於一九三一年七月四日的《臺灣新民報》三七一期。詩分七節，句子特別短，似乎更可表現人力車夫告急的苦況：「挽車的人，／流汗、／喘氣、／赤著腳，／來往奔馳。」（第二節）「喘得心跳，／跑得腿痛，」／「熱、快點！」／車上的人／一樣還不放鬆。」（四）「跑跑跑，／拼（拚）拼拼，／拚苦是命，／日暮歸來，／「有了吃……」／還要私自慶幸。」（八）

楊氏的詩一貫同情弱者，反抗強權，誠如許俊雅在所編的《楊守愚詩集》序文中所說：「其新詩創作題材廣泛，對城鄉勞動人民困窘的境遇與婦女的不幸，多所同情；……與其小說展現的人道主義之關懷是一致的。」

爲了了解並提升臺灣詩人的歷史地位，以下將舉同以人力車夫爲表現對象的中國新詩作品，作一番對照呈現。民國早期的新詩人，也同情織工（如：劉大白有〈賣布謠〉二首）、賣花人（如：劉氏又有〈賣花女〉）等。而胡適的〈人力車夫〉作於一九一七年，遠早於楊氏。「『車子！車子！』／車來如飛。／客看車夫，忽然心中酸悲。／客問車夫：『你今年幾歲？拉車拉了多少時？』／車夫答客：『今年十六，拉過三年車了，你老別多疑。』／客告車夫：『你年紀太小，我不能坐你車，我坐你車，我心中慘悽。』／車夫告客：『我半日沒有生意，又寒又飢，你老的好心腸，飽不了我的餓肚皮，我年紀小拉車，警察還不管，你老又是誰？』／客人點頭上車，說：「拉到內務部西。」此詩押「一」韻，旨在表現童工人力車夫的辛苦，內容較上述楊氏二詩爲少。其寫作技巧也較遜一籌；但這是由於時代早，尙在「嘗試」創作階段，不宜加以苛評。

另外，沈尹默也有一首〈人力車夫〉，說：「日光淡淡，白雲悠悠，／風吹薄冰，河水不流。／出門去，雇人力車。街上行人，來往很多；／車馬紛紛，不知忙些什麼？／人力車上人，個個穿棉衣，個個袖手坐，／還覺得風吹來，身子冷不過。／車夫單衣已破，他卻汗珠兒顆顆往下墮。」此詩也有押韻，寫冬天人力車夫滿頭大汗工作的辛苦，用拉車者和坐車者一勞一逸的強烈對比，加以表現；照顧面也和胡氏詩一樣，並不如楊先生詩之多。但三人之立場則如出一轍，均在同情勞動者的境遇。

因爲楊氏的時代較後，不能說他照顧面廣就優於胡、沈二氏，但至少臺灣新詩足以和中國新詩媲美，毫不遜色，則無可疑，不必自卑。

苦楝釘根花如雲

這麼美的花，這麼可愛的紫，理當到處種植；但是，爲什麼今天臺灣卻愈來愈少見呢？由於它的名字「苦」字犯了忌諱……

苦楝，又名苦苓，是一種落葉喬木，高可達一丈多，葉密而尖。每年春天三四月開紫花，煞是好看，而且芳香滿庭。它的果實叫苦楝子（籽），如小鈴，也叫金鈴子；熟時變黃，可以當肥皂去污用。此外，它的木材可以製造器具，花、葉、根和皮，也都可入藥。

它本是很平常的樹木，臺灣各地均有種植，爲什麼屢受文人、詩家的青睞？一則，它的根扎得深，「不驚樹尾做風颱」；所以，像呂興昌爲黃勁連的《潭子墘手記》一書作序時，就用它來讚美黃氏的文章，說：「伊，勁連先（先生），透過一篇篇兮（的）文，一首一首兮歌詩，無殊（輸）一叢（欉）叢苦楝釘佇（在）鹽分兮土地，……會使（可以）唔（不）驚樹尾做風颱。」

另一是它的花美。孔子曾說：「惡紫之奪朱」，爲什麼？因爲紫色比大紅色

（「朱」）好看，一般人都喜歡它，而不愛刺眼的大紅色。春天的苦楝花，滿樹滿庭滿田野的紫，莊柏林律師的名詩〈苦楝花若開〉前二節描寫得很傳神，說：

「苦楝若開花／就會出雙葉／就會出香味／紫色的花蕊／隨風搖隨雨落」「苦楝若開花／春天就會來／白頭鵠仔（白頭翁）樹頂做岫（巢）／田嬰（蜻蜓）停佇厝邊角／天牛匿（躲）佇樹仔頭」

這首詩是莊律師有感於他的家鄉台南縣，多年來生態被破壞，而懷念起童年故鄉的一幕而寫的，他說：「這是一首懷念歌曲，完全以現實手法，描述兒童故鄉的情景。日本人曾以苦楝會在春天開美麗的紫色花朵，像其本國的櫻花一樣，在嘉南平原到處種植，甚至當路樹。春郊，紫色的花蕊，開滿鄉野。」他又說：「苦楝是落葉樹，冬季光透，春天一來，葉、花同時自枝芽間奔出，花蕊有幽幽的香味，隨風飄得很遠，白頭翁跟著來築巢……。」

另外，巫永福老先生更早在一九八八年二月二十日寫了〈苦苓〉一詩，記苦楝花開時的一段年少純情：

「苦苓花開如紫雲／在校庭引我入夢／照亮我走過的路／照耀少年我的心／歡天喜地期待／拾起滿地小小的花瓣／獻給少女」「柔和的陽光是我的歷史／陣風正吹搖苦苓如紫雲的花／小小的花瓣翻翻飄落／飄開少年我的願望／無憂無愁收集／裝滿紫雲於口袋大笑／對著少女」（《笠詩刊》一四九期，一九八九年二月刊）

這麼美的花，這麼可愛的紫，理當到處種植；但是，爲什麼今天臺灣卻愈來愈少見呢？除了莊律師所批評的執政黨「無環保意識和政策」，以致生態遭「嚴重破壞」之外，也由於它的名字「苦」字犯了忌諱，大家以爲不吉利，黃勁連的〈苦楝籽〉一詩，是寫這類觀念的代表作：

「阮是苦楝籽。阮是悲哀兮種籽」「阮兮日夜顚倒／阮無法度敇（吸）／新鮮兮空氣／佮（和）一般儂（人）／過正常兮日子」……

莊律師曾經詳細地記述這種情形，說：「曾幾何時，苦楝竟因『苦』字而遭殃，幾近絕跡。當我種植兩棵在庭院，花枝招展，也引來鄰居鄉里刋人不吉利的抗議。」其實，在中國泉、漳二州等地，人們每每在門扉上用苦楝來避凶趨吉呢。可見要走出迷信，臺灣人才會更快樂，更幸福。

跨越時代與跨越國界

——《林亨泰全集》紹介

出　版　者：彰化縣立文化中心
出版時間：八十七年十月

林亨泰先生，一個不應忽視、不宜對之陌生的名字，今年（一九九九年）七十六高齡，比鍾肇政、葉石濤都大一歲。他的臺灣文學成就，主要在詩的創作和評論、理論的建構；後者的努力近於葉石濤，而前者的成就則和鍾肇政相彷彿。如今他仍寫作不輟；不過一九九八年秋九月，呂興昌已先爲他編訂了十巨册的全集，由彰化立文化中心出版，〈編者序〉說：「這個全集只是暫時性的總結」，林先生的創作力是源源而不絕的。

這十巨册全集，可分爲三大部分：文學創作三卷、文學論述六卷，以及外國文學研究與翻譯一卷。詩文學的創作雖僅三卷，卻是林先生臺灣文學生命之所寄託，可以流芳不朽。這三卷分四〇年代詩、五〇／六〇年代詩，和七〇～九〇年代詩。林先生於一九四一年開始寫新詩，時僅十八歲，五年後始加入新詩社團「銀鈴會」，後來成了該會的健將，作品既精又好。全集中所收的第一首詩〈第一封信〉，是用日文寫收到情書的喜悅；呂教授既譯爲華文，也翻成臺灣河洛話文，花了許多工夫；但讀者如果將日、華、台三文對照，再「曲折跌宕」的詩義，相信也可以捕捉得到。

在四〇年代時，林先生也有〈靈魂的秋天〉等五首華語詩；可見他由日文跨越到華文，好像並不太難；因而可以見知他的認眞。而六〇年代詩，則是清一色的所謂「作品詩」（〈作品第一〉至〈作品五十〉），絕大多數涉及白與黑兩個意象，也是主題的描繪延展，誠如〈序詩〉中所說的：「始於花瓣／終於枝頭／最初的一次／最末的一次／□一個開始／一個結束／從白的邊緣／到黑的邊緣／……把白推出／把黑關進／不再是最初／不再是最末」。林先生就是這麼慣於詩架構的營築。

「像乾裂的河床／留在時間裡／隱約可見的爪痕」（〈爪痕集之一〉）

這爪痕詩就有序列八首，算是中篇組詩，宣洩著林先生澎湃的詩潮。三卷詩集的最近一首，是作於一九九七年的〈死去母親的幻想〉；林先生滿十三歲，母親因難產而去世，百日內父親依習俗續絃，他痛苦、孤獨，終身向詩文學尋求解脫，詩意凝練苦澀，而藝術價值則相對的提升。人生的際遇可以加深人性的純度，林先生的詩是大一例證。

在林氏全集中，有六冊是屬於「文學論述」，可見其重要性。其中的一、二卷是「學術論著」，包含十六篇文章；林先生的重要新詩理論及評論觀點，都在其中。第四卷收

「文學短論」七十二篇，當合參並看。尤以第一篇〈現代詩的基本精神〉和〈現實觀的探求〉等二篇更爲重要，內含眞摯而外重生活現實、社會現實乃至政治現實；正是臺灣「國土」（有人稱「鄉土」、「本土」）詩的內容。篇幅所限，本文中無法細論。而第二卷中的三篇有關「銀鈴會」的文字，尤有歷史價值。

其第三卷收有「文學生活回顧」、「作家作品論」和「序跋」。第五卷爲「受訪錄」、第六卷爲「座談錄」，在在均爲新詩發言，都是「文學論述」的一環。即使「文學生活回顧」和「序跋」，也一樣是林氏詩的觀念與創作實踐的反映。

最後一卷爲〈外國文學研究與翻譯卷〉。雖然卷後附有林氏的生平著作年表、全集篇目索引等，實際主題篇幅只佔一半；但是，林先生對英詩的研究，長達六十多頁；對法國梵樂希詩法的翻譯，使他成爲跨國界的詩人和詩論家。

林先生自四〇手代以後活躍於臺灣詩壇，尤其是詩的創作與評論，凡所發表和出言，都嚴謹而紮實。他的爲人也正格實在，不花俏不譁衆；因此，不論其人其文，均可爲後進的典範。筆者擬在未來希望幾說服系中同仁，頒贈一座「臺灣文學家牛津獎」給他，並舉辦以其作品爲對象的文學研討會。（二〇〇一年十一月已完成此願）

大時代臺灣人的心曲

——挖掘早期臺灣歌謠的生命力

前言

「唱出內心的歌謠是『心曲』」（註一），臺灣歌謠是臺灣人的心曲。臺灣民間歌謠的發展，已經有三四百年以上的歷史，平埔族、高砂（山）族的臺灣先住民，每一個族群都有許多口傳歌謠，表現各自的特色，也有相互影響的。它們共同的特色是：「純樸、眞情、直率而寫實」（註二）。例如：平埔族〈新港社別婦歌〉歌詞如下：

「我愛汝美貌，不能忘，時時想念。
我今去捕鹿，心中輾轉愈不能忘，
待捕得鹿，回來便相贈。」

臺灣民間歌謠，除先住民語系者之外，還有臺灣客家語系和臺灣河洛語系。前者有老山歌、山歌仔和採茶歌三大類；但都沒有佔人口七八成的河洛語歌謠來得興盛流行。

本來，歌謠就根植於土地，蘊含著人民的聲息。我們探求歌謠的歷史，就可以了解到這塊土地上，曾產生過什麼樣的音樂、什麼樣的文化與社會。（註三）畢竟民間歌謠「象徵著民族文化的特性，蘊藏豐富的民族精神與情感，也是樹立一個國家的音樂特質與風格的根本泉源」。（註四）誠如德國作曲家舒曼（RobertSchumann，1810—1856）所說的，他說：「去留意一切的民歌吧！那些優美的旋律，能使你了解不同民族的特性。」準此，我們就來從早期臺灣民間歌謠中，探求臺灣民族的特質和臺灣人的生命力吧！

一、先民墾拓臺灣艱辛現實的心聲

漢族先民渡過黑水溝來台，海流洶湧，存活是僥倖；上岸後，胼手胝足，流血流汗，與大自然和臺灣先住民的爭競，是痛苦的經驗。即使臺灣先住民面對洪水猛獸，也一樣充滿太多的惶恐，甚至悲情。這些心聲，反映在衆多各類歌謠中，展現出眞實而震撼動人的樂章；民間歌謠確實是反映時代背景的一面鏡子！

㈠以生活爲素材，闡述人生的意義和道理，內容充滿無奈的樂天和希望。如：

飲酒歌：表現墾荒之餘，約三五好友划拳暢飲的豪邁心境。

牛犁歌：在農暇時，由人分別扮演牛和犁，把平日耕田、播種等生活點滴，配合滑稽動作和笑料，隨著韻律一唱一和。

丟丟銅仔：由閒暇時丟銅錢的賭錢遊戲歌，曲調簡短活潑，變成記載蘭陽地區挖山洞、建鐵道、試俥過山洞時的動人故事；所以歌中有「磅空的水伊都丟丟銅（滴滴咚）仔……」的句子。

㈡情歌類：在含蓄中略帶浪漫氣質，打情罵俏中帶幾分關懷，充滿對愛的希望和嚮往，例如：

草蜢弄雞公：敘述風趣而善解人意的阿伯與小姑娘調侃逗趣。

桃花過渡：描述擺渡阿伯和桃花姑娘逢場作戲；故事詼諧有趣。

五更鼓：令人意亂情迷，非常纏綿。

由這些歌謠，可以了解台人祖先的性格特質，是豪邁中不失溫和；而更凸出的，是勤儉刻苦和達觀冒險。他們以樂觀心態面對現實生活，來與大自然搏鬥，富有社會與國家的生命力。

二、日據時代台人可歌可泣的吶喊

西元一八九五年，因為清廷的無能與漠視，一紙馬關條約就把臺灣割讓給日本了。初期，台人的反殖民已到如火如荼的地步；像：噍吧年事件、霧社事件，……不一而足。但是乘勝的侵略者，終究控制了全台。林獻堂先生領導的臺灣議會請願運動、臺灣文化協會，喚醒了我台人思想抗日、文化抗日，日本總督府才稍稍收斂。但由於日本南進政策的需要，一九四〇年代起，日本皇民化運動也變本加厲。直到一九四五年戰敗投降，臺灣才有機會過獨立自主的日子。

以上這些大時代的點點滴滴，都有歌謠作者將它們反映在作品中，譜成大時代的心曲；這些歌謠可說是「應運而生」，伴隨臺灣成長。底下將以時代爲經，紹介若干反映時代心聲的藝術創作歌謠；然後再歸納當時的類別特色，讓大家對臺灣的過往歷史，有便捷而感動的了解。

㈠桃花泣血記

一九三二年，新文學運動早已在一九二五、一九二六年展開，至此時已有不少成果，反帝、反封建的作品很多。而在音樂界，則要到此時才有人要爲臺灣首部電影配主題曲；它是由詹天馬作詞、王雲峰作曲的「桃花泣血記」（阮玲玉主演）。全首表面上寫富人德恩愛貧女琳姑，發誓不相辜負，竟因男母反對而無法結合的故事。但實際上，主旨卻在與上述電影情節不相干的「人若死去，無活時」，用「花有春天再開時」來作對比。人死不能復生，所以要珍惜生命，不可使之死滅。（註五）它的背後是要台人在和命運奮鬥中，不要逞強，要留得青山在，將來有一天國家需要時，才能派上用場。總之，此歌仍含藏著抗日的隱意在！

㈡月夜愁

一九三三年，出現了五首好歌謠，都是反封建、主張戀愛自由的作品。其中最爲傳唱的是：「月夜愁」和「望春風」。尤其是「月夜愁」更是臺灣人大時代的歌曲。這個大時代的歌曲特別之處，不在歌詞內容本身，因爲內容是描寫兒女情長，並不特別；而是一九三七年起，日本總督府推行皇民化運動，禁用漢文、禁唱臺灣民歌、漢文刊物廢刊；而且將它改爲「軍夫之妻」，慫恿臺灣同胞當軍夫；實在是時代的大悲劇！「軍夫之妻」的文字如下：

「爲著國家，／光榮徵召，／遙遠的東中國海／啊！過波濤。
綠草小丘，／離別姿影，／你說戰死才歸來，／啊！永不忘。
今宵皎明，／光如明鏡，／照著你的身影，／啊！好思念。
軍夫之妻，／日本女性；／如花凋謝，我不泣，／啊！絕不泣。」

死的是臺灣青年，當然日本人不會爲臺灣人哭泣。臺灣人在被殖民的命運下，如何的無奈呀！這是「大時代的聲嗽」！

㈢雨夜花

一九三四年，周添旺作詞，鄧雨賢作曲的「雨夜花」誕生了！這一首臺灣四大名曲（「四、月、望、雨」）之一，原是兒歌的旋律，歌詞是廖漢臣創作的：

「春天到，／百花開；／紅薔薇，白茉莉，這平幾欉，／彼平幾枝，／開得眞齊，／眞正美。……」

鄧雨賢配了樂。後來周添旺才改如今大家耳熟能詳的哀淒而柔美歌詞：

「雨夜花，／雨夜花，受風雨吹落地；……」

字句上有所變更，由三、四改爲三、四、七句式。周氏說女主角確有其人，以花比女人：苦命女子本是村姑，到都市謀生，愛上男子，並論及婚嫁，但終被遺棄而不得不沉淪。陳郁秀的《音樂臺灣》（頁六二）說：「〈雨夜花〉寫的雖是一個女性哀嘆自己的身世，何嘗不是當時臺灣人民的心境呢？」（註六）也是在皇民化以後，這膾炙人口的歌曲被日人加快旋律，改爲「榮譽的軍夫」，送台人上戰場：

「紅色彩帶／榮譽軍夫／多麼興奮／日本男兒。
獻予天皇／我的生命／爲著國家／不會憐惜。……
寒天露營／夜已深沉／夢中浮現／可愛寶貝。
如要凋謝／必做櫻花／我的父親／榮譽軍夫。」

有國家觀念、本土的意識的人，都要起而反抗殖民的統治。

㈣四季紅

一九三五年，李臨秋作詞，鄧雨賢作曲的「四季紅」：「春天花吐清芳，雙人心頭齊振動，……」，旋律輕鬆、歡愉，在殖民時代很少見，很難得，所以，成了四大名曲之一。

豈知在臺灣光復之初，國民黨政府卻認爲「紅」字太過刺眼，而且容易引起中共「紅軍」的聯想，而改名爲「四季謠」，眞是「紅色恐怖」！實在不倫不類；因爲徒歌才叫做「謠」，置作曲的鄧雨賢於何處？這雖不是發生在日本殖民時代，但又有甚麼差別？

㈤心酸酸

一九三六年，陳達儒作詞、姚讚福作曲的「心酸酸」，開頭就說：「我君離開千里遠，放阮孤單守家門。昧食昧睏腳手軟，暝日思君心酸酸。……」簡上仁說這樣的歌詞，「正好反應當時婦女為著她們的情郎、夫婿被逼從軍而怨哀交加，傷心欲絕。」（註七）是的，像前一年周添旺作詞的「河邊春夢」、同年陳達儒作詞的「雙雁影」、「白牡丹」；一九三七年周添旺作詞的「黃昏愁」、陳達儒作詞的「欲怎樣」；一九三八年，陳達儒作詞的「港邊惜別」（中有「……自由夢，被人來所害。……」藏在「戀愛夢」、「青春夢」之中）；一九三九年江中清作詞、作曲的「春花望露」，佚名作詞的「望郎早歸」，以及許丙丁作詞的「菅芒花」：這些都是台人在無奈中唱出的解鬱歌曲，簡上仁頗了解作詞者的寫作動機，他說：

「作詞家周添旺、陳達儒等不但不屈服於日人的壓制，寫歌頌日本人的歌，反而偶而在字裡行間隱約露出其愛民族的潛在意識。」（同上）

日據時代，像上述這些大時代的歌曲，能抒發台人苦悶的歌，可以讓人化悲憤為反抗力量的歌曲，曾遭嚴令禁唱；皇民化運動期間，更是全面的禁唱。但是台人堅定的民族意識，「歌可以暫時不唱，但愛國家的情操永不泯滅！」這就是臺灣人傳統不死的「反抗」精神！

三、戰後初期台人坎坷命運的分貝

好不容易捱到了一九四五年，日人遣送回去了，中國國民政府軍破破爛爛的來佔領臺灣，許多台籍日本兵不承認他們的國籍回不來；加上通貨膨脹、陳儀政權的高壓殘暴，老羞成怒，造成二二八事件。台人爲了逃避現實，抒發苦悶，音樂似乎成了唯一的良藥。當時唱片行也出現了，帶動音樂的流行。以下也以民歌的問世先後，訴說這一段台人的命運交響曲：

㈠收酒矸、燒肉粽

「阮是十三歲的囝仔單，自細父母就眞散，爲著生活不敢懶，每日出去收酒矸。……」

光復初期，張邱東松親眼見經濟蕭條，連小孩子都爲了生活投入「職場」，作出描寫他們心中有苦無處訴的悲歌，歌末那一聲聲：「有酒矸通賣否？歹銅、舊錫、簿仔紙通賣否？……」叫得讓人心碎。

不僅「收酒矸」，過了一兩年（一九四九），經濟仍然沒改善，失業率奇高，張邱東松又見到晚上賣肉粽的小販，更加辛苦了，尤其是淒風苦雨的夜晚；於是他又作詞填曲，產生「燒肉粽」這首戰後四大名曲（望你早歸、補破網、燒肉綜和杯底不通飼金魚）之一：

「自悲自嘆歹命人，父母本來眞疼痛，乎我讀書幾落冬，出業頭路無半項，暫時來賣燒肉粽。」

接下去一聲聲的「燒肉粽！燒肉粽！賣燒肉粽哦！」同樣讓人聽得心酸、心酸酸！這也是當時社會的眞實現象。

㈡望你早歸

日本在第二次世界大戰後期陷入苦戰，因而大量徵召臺灣子弟到中國、南洋等處充當軍夫，所謂「台籍日本兵」。但戰敗後，在南洋等地的台兵成了沒有國籍的人，日、台政權都不承認他們，所以流落異鄉，不能回台；而他們的親人是如何的望穿秋水，引頸企盼！一九四七年，由那卡諾作詞、楊三郎作曲的「望你早歸」的開頭，就熱切的直訴：

「每日思念你一人，昧得通相見，……。」

眞是大時代戰亂的心聲！

如同中國古代邊塞詩和閨怨詩是一而二，二而一的作品，骨子裡都有非戰思想，都在痛斥戰爭。這首「望你早歸」也一樣，目的是在痛批日本殖民政權的可惡，讓台人家破人亡，生離死別。優美而哀怨的歌聲，代表著台人的心聲，很快地就傳唱開來，至今不息。

㈢補破網

一九四八年，已是二二八事變的第二年。經過二二八，族群出現重大的裂痕，至今偶而還被挑起：中國如仍想武力犯台、某黨派如再抱著中共的大腿不放，還有客家人如果一直以爲河洛人大沙文主義，那麼族群問題就永遠沒有解決的一天。不如當初李臨秋妙用雙關語作詞的這首「補破網」，要補臺灣族群因爲二二八衝突的破網（「夯網針接西東」），當然也補當時臺灣百業蕭條的破網。

(四)杯底不通飼金魚

這一首原題爲「台語飲酒歌」；含義指「乎乾啦！」或「一飲而盡」，豪邁的酒德。它和一般婉約、含蓄的河洛語正格歌謠風格不同，可說是「變調」；爽朗、明快、充滿熱情，音符跳躍的旋律，令人印象深刻。它由呂泉生作詞又作曲；當時他正在臺灣廣播電台，目睹二二八事件的慘重傷亡，知道要改變現狀，只有族群融合。而不久，一九四九年，國民黨政權撤退來台，他更寄望大家如兄弟般的和樂，而寫下「好漢剖腹來相見」、「朋友兄弟無議論」。在喝酒時最容易「情投意合」，因而以飲酒歌來寄託他大時代寓意深遠的觀念。

四、五〇年代國家景況未振前台人的眞情與怏望

五〇年代是臺灣經濟的轉型期，六〇年代爲復甦期。當時台人翻唱日本歌曲弦律，而少創作。這種「混血歌謠」，其實也有其作用；只要歌詞是本土的，代表臺灣人的感

情，也就很難得了。

㈠黃昏的故鄉

〈黃昏的故鄉〉，開頭就是一而再的「叫著我，……」這麼強烈的感情。莊永明說：

「〈黃昏的故鄉〉是一首以令人熱淚盈眶的歌曲。……在太平洋彼岸的美國，遙望……臺灣，噙著淚水唱……，是唱一句，呼喚一句，將鄉愁化爲聲浪，希望飄回故鄉。」（註八）

而葉俊麟塡詞的〈孤女的願望〉，由當時年僅八歲的陳芬蘭小妹妹唱：「請借問播田的阿伯啊，人塊講繁華都市台北對叨位去？……」把當時臺灣農村人口流向都市的社會脈動與悲情，都和盤托出了！葉氏後來又作了代表男性心聲的「田庄兄哥」，其境界與此歌相同。

㈡媽媽請妳也保重

由白色恐怖時期二大詞家之一的愁人所寫的詞〈媽媽：請妳也保重〉，是成千累萬的離鄉兒女要唱給媽媽聽的歌！「雖然是孤單一個，雖然是孤單一個」、「期待著早日相會，期待著早日相會」、……，疊句加深語言的強度，唱到第二句，滿溢的情態更形流露。

後來有人更把「媽媽」擴大象徵「苦難的臺灣」、「大我的土地」，那意境更加深遠了，也是它傳誦不歇的另一原因。

㈢舊情綿綿 V.S.思慕的人

五〇年代，臺灣的政治、經濟、社會，都與今天不同，也因此它所影響於人們的，也有凸出的時代意義。以男女之情爲例，當時對「輕薄無情」的人，不論男、女，都充滿恨意；不像今天多半不太計較。而對因爲社會的封閉或其他因素無法相愛、結合的人，又充滿綿綿無盡的思慕之情，感天動地。

洪一峰這位當年臺灣低音歌王，最喜歡的歌「舊情綿綿」和「思慕的人」，就是這種感情的代表作。他親自譜曲，歌詞則由葉俊麟主筆，令人愛不忍釋，充滿「理智」與「感情」的矛盾：

「明知妳是楊花水性，因何偏偏對妳鍾情。……」

理智的「不想妳，不想妳不想妳」，一再的「立誓甘願看破來避走」；但是「怎樣我又擱想起，昔日談戀愛的港邊？……」這才叫「舊情綿綿」，充滿衝突，一而再再而三，永遠無法「放乎昧記哩」。臺灣人對殖民者，例如：日本人，甚至國民黨政權，就是這種心態，愛、恨難分，認同、定位，至今衆說紛紜；國家命運未卜，人民永遠不能眞正的快樂和幸福。

而「思慕的人」，則更進一步深刻描繪對值得「舊情綿綿」的人的懷想、思念：

「叫我爲著你，暝日心稀微，深深思慕你。」

最後終於直接的、澎湃的、清楚的唱出最深處的心聲：

「心愛的，緊返來，緊返來阮的身邊。」

如果沒有上面的情感醞釀，直接唱末段歌詞，那就太肉麻了。

㈣阮若打開心內的門窗

「阮若打開心內的門，就會看見五彩的春光。……」從這句王昶雄的歌詞，已約略可以了解全首歌可能是技巧高明的勸世淑人。確實不錯，作於一九五〇年代（有謂一九五六年，有謂五五年，有謂五七、五八年的）的這首歌，正是臺灣被國民黨統治，二二八之後約十年前後，爲解台人的不自由、心中苦悶異常，甚至消極無生趣而作的。

在歌曲本身方面，一九五二年「國語」推行運動方殷，臺灣歌壇轉而翻譯日本歌曲。王先生對老友呂泉生所提出作歌喚醒民心的建議首肯後，譜出這首臺灣曠世的民歌。王先生曾提及其中的因緣說：

「記得一九五六年的有一天，我家出現了一位不速之客，原來就是摯友呂泉生。那個時候，適值二二八、白色恐怖之後，實施『三七五減租』政策不久，群情騷然，生活窘困，簡直使人生枯燥、生命黯淡無光。泉生兄一上門就脫口而出「際此『風雨如晦，雞鳴不已』的年代，咱們必須挺身而出，如何在這納悶的生活中自勉勉人。咱們的交情夠，憑你我在這小圈子裡稍微名氣，也夠格做起詞曲搭配呢！最好是台語詞，將『憶念』作爲主題怎麼樣？」（註九）

由王老先生的自述，已可知此首眞是爲大時代而作的歌曲；不信，我們可以再看上引之後的一段：

「他（呂氏）……囑我多寫幾首自強不息、豁然開朗的歌詞。」因此，歌詞中有：「春光，春光，今何在？望你永遠在阮心內。……」

打開心窗，就會大開眼界，突破、創新、寄望遠景；也可以因爲推誠相待，而社會一片和諧。這不是大時代的心聲是什麼？難怪莊永明〈由臺灣歌謠看臺灣史〉說：

「呂泉生曾講過：……要把年輕人的遠景當成一扇打開來的門窗，把未來看的（得）更遠，更有理想、希望。所以這首歌寫出了大時代的背景。」（註十）

這首歌傳誦到今天不歇止的原因，也是因爲和今天這個時代仍可結合，陳郁秀《音樂臺灣》（頁一〇〇）說：「這首曲子的精神也爲臺灣歷史作了註腳：居住在臺灣的所有人民，擺脫了悲情的過去，重新出發，開創未來。」

附註

註一　莊永明《臺灣歌謠追想曲》頁五四，一九九五年一月，前衛出版社本。
註二　許常惠《臺灣音樂史初稿》頁一三，民國八十五年十月，台北市全音樂譜出版社本。
註三　參考李敏勇〈傾訴人民與土地的聲息——序莊永明《臺灣歌謠追想曲》〉。
註四　簡上仁《臺灣福佬系民歌的淵源及發展》頁一，八十年九月，自立晚報出版部本。

註五　莊永明考證齊全的十段歌詞本，第七、第八段都有女主角殉情「死」的句子。見莊永明《臺灣歌謠追想曲》頁五四。

註六　時報文化公司，一九九六年十二月出版。

註七　所著《臺灣音樂之旅》頁一一〇，一九八八年六月，自立晚報本。

註八　莊永明《臺灣歌謠追想曲》頁二〇七。

註九　一九九八年十月，前衛出版社本《阮若打開心內的門窗》頁一九，〈「阮若打開心內的門窗」情懷〉。

註十　一九九七年十一月，白鷺鷥文教基金會本《音樂臺灣一百年論文集》頁一七。

由「阮若打開心內的門窗」何時所作談起

二〇〇〇年，筆者正在籌備年底的「福爾摩莎的心窗——王昶雄文學會議」，閱讀了許多前輩的文字，但其中對昶老傳世名歌「阮若打開心內的門窗」的寫作年代，衆說紛紜，至少有四種。大會將以「臺灣的心窗」來界稱昶老；「心窗」一詞就是源自這首臺灣河洛語歌謠。因此這首歌究竟何時所作？不得不加以考辨。

一爲李魁賢〈但求無愧我心〉（本年一月廿七日臺灣日報副刊），說它是一九五五年作品。

二爲李敏勇〈你能聽見的歌——紀念王昶雄〉（本年一月廿八日民衆日報副刊）、陳建忠〈一事能狂便少年——追憶王昶雄先生的人與文學〉（同上日，中央日報副刊），則說是一九五七年完成的作品。

三爲路寒袖在本年元月廿七日所編臺灣日報副刊的「歌聲戀情」專欄中，談這首歌謠時說它完成於一九五八年。中國時報文教記者陳文芬元月廿九日的報導，說：「民國四十七年，呂泉生作曲、王昶雄作詞」。

四爲說它創作於一九五六年的也有，如：彭瑞金的〈讓我們一起打開心內那扇窗——懷念王昶雄先生〉（本年一月廿八日民衆副刊）。

那麼，到底那一說法才正確呢？只有請昶老親自來揭曉了。他在〈「阮若打開心內的門窗」情懷〉大文中，說：

「記得一九五六年的有一天，我家出現了一位不速之客，原來是摯友呂泉生。那個時候，適值二二八、白色恐怖之後，實施『三七五減租』政策不久，群情騷然，生活窘困，簡直使人生枯燥，生命黯淡無光。泉生兄一上門就脫口而出：『際此「風雨如晦，雞鳴不已」的年代，咱們必挺身而出，如何在這納悶的生活中自勉勉人。咱們交情夠，憑你我在這小圈子裏稍微名氣，也夠格做起詞曲搭配呢！最好是臺語詞，將「憶念」作爲主題怎樣？』」（一九九八年四月，前衛出版社本《阮若打開心內的門窗》頁一九）。

接著昶老又說：「起初我只好敬謝不敏，但考慮再三，得，憑著初生之犢不畏虎的傻勁，只得拿起筆來，寫！」可見這首膾炙人口的歌詞是作於一九五六年無疑！

可能呂泉生的作曲，也在同一年；不過，一般都說在次年的一九五七年。我們看上引昶老的大文頁二二說：

「據泉生兄的回想，這首歌曲於一九五七年，由「臺灣省文化協會男聲合唱團」在臺北中山堂發表演唱，接著中廣、臺大等合唱團也都來要譜，就這樣，在校園及民間流行起來，鋒頭越來越健。」也因此，在王昶雄先生治喪委員會所發的訃音中，附有「王昶雄文學年表」，在一九五七年中即作：「詞作〈阮若打開心內的門窗〉，由呂泉生譜曲」。

由上面的小考證，可知世間眞理眞相的難尋易誤，連當代人寫當代事，也可能人云亦云；不，今人寫當天的事，也可能言人人殊，不信，你在街上親眼見、親耳聞的事，明天各報的報導，可能就有很大的出入。——這是英國大史學家湯恩比早已告誡我們的。

有志於臺灣文學創作或研究的人士，對於資料蒐集、解讀、研判或記錄、運用等，都要本著探求眞理與眞相的精神，詳加考辨，務期翔實確當，才有足取。

小說

臺灣本土小說名家與名作

前言

臺灣本土文學和一般文學的體裁一樣，也以詩歌、散文、小說和戲劇等爲主要內涵，而且對這四大體裁也都並重，不偏廢。因此，要說臺灣新文學始於何人而不論體裁，是不明智的作法；例如：有人說臺灣新文學始於賴和一九二六年發表的小說〈鬥熱鬧〉；實則，要以小說而論，楊雲萍的〈光臨〉和〈鬥熱鬧〉同時發表，而寫作時間實比之更早。再說楊氏的小說〈罪與罪〉，也在前一年發表；〈月下〉一篇，更早在一九二四年發表哩，更遑論追風的日文小說《她何去何從》了（一九二二年發表）！

那麼，臺灣本土小說最早的一篇何屬？原來是署名「鷗」的人所作的〈可怕的沉默〉，在一九二二年四月出版的臺灣文化協會「臺灣文化叢書第一號」發表（註一）。因此，我們只能說：臺灣的本土文學產生於二〇年代；而衆文體中，以小說打前鋒。

有鑒於小說所特具的吸引人的故事情節、長篇幅可以表現更多的內容，以及寫作時的各種技巧可保持濃厚的神秘性，可想像、探討的空間極大；所以，自來小說就更加受到讀者的喜愛，其影響也較爲深遠。試問世界文學名著不是以小說類最多？歷來，諾貝爾文學獎作品是不是多半爲小說？因此，筆者在一九九八年六月，重新設計淡水學院臺灣文學系課程時，散文、新詩、戲劇課程列爲選修，「臺灣新文學小說名著」則列爲必修，其道理在此。

一、日政時期的臺灣本土小說名家及其作品

日政時代五十年，臺灣文人絕大多數兼備眾長，參予社會、文化甚至政治活動，不一定以文學爲志業；但是，在萌芽草創的年代，有一二篇擲地有聲，影響深遠的作品，即儼然可以成爲大家。因此，本文所敘述的名家名著，與一般論者所指不同，須先言明。其中當然也多有世所肯定的，大家所見略同。

◎賴　和

原名河，筆名懶雲、走街先、安都生、甫三等，彰化縣人。生於西元一八九四年，曾入私塾，所以古典文學基礎頗穩固。一九〇一年就讀臺灣醫專，力學有成。此後即以仁心仁術，奉獻臺灣與臺灣文學、文化，出生入死，令人敬佩。在文學上，他是「臺灣新文學之父」；在小說創作上，他更有不少啓迪之功。

他的十八篇小說，幾乎篇篇是名作，影響深遠。現列舉數篇尤其重要的如下：

〈鬥熱鬧〉（一九二六年一月發表）

〈一桿「秤仔」〉（一九二六年二月）

〈不如意的過年〉（一九二八年一月）

〈蛇先生〉（一九三〇年一月）

〈歸家〉（一九三二年一月）

〈惹事〉（一九三二年一、四、七月）

〈一個同志的批信〉（一九三五年十二月）

〈赴了春宴回來〉（一九三六年一月）

這些篇什，儘管內容題材不同，寫作技巧不同，使用語言（已採用許多河洛語詞）同中有異，但是在主題意識上，似乎都有一個共同的精神，那就是批判的精神；反殖民、反帝制、反封建傳統，甚至反對生活上或民族意識中的劣根性：都是抗議、批判精神的呈現。

在臺灣，文學是一種語文的藝術。所有的藝術，都需要具有批判的精神，甚至批判的行動，才有力量。彭瑞金說：「眞正的藝術家既不是目空一切，也不是硜硜然的教條信奉者，他的藝術世界裡，自有他全力以維護、爭取或戰鬥的原則。若說這個原則是人間的公平、正義，好像嚴了點，卻又是事實……人間公益的追求和堅持，可以說就是藝

術的民間、人民立場的堅持。……藝術家的作品……持續不移的，站穩人民觀點進行批判，就是人間的公義奮戰士了。」（註二）

一九九八年六月，筆者曾發表〈賴和的文學精神及其超越〉論文，詳可參考。（註三，也見後文）至於上述前六篇，筆者也曾加深入探討，為節省篇幅，請詳參拙著《臺灣小說名著新探》一書（註四）。

◎楊雲萍

本名友濂，台北市士林人。祖父為名儒，父為醫生，自小受過良好而完整的教育。一九二一年，就讀台北州立中學，博覽中國雜誌。投稿報刊，往往獲得刊載；畢業前一年與江夢筆創辦《人人》雜誌，是臺灣第一本白話文學雜誌。畢業後留學日本，主修文科，跟隨菊池寬、川端康成等大師學習；所以，其小說深受日本文學，以及西洋唯美、浪漫主義的影響。像〈月下〉、〈罪與罪〉和〈光臨〉，皆為中學時代作品，也是本土最早的作品之一，表現本土色彩、批判殖民的內涵。旅日期間撰寫多篇小說，如：

〈兄弟〉（一九二六年八月）

〈黃昏的蔗園〉（一九二六年十月）

〈秋菊的半生〉（一九二八年七月）

均膾炙人口。筆者的《臺灣小說名著新探》曾以「〈光臨〉未受應有的重視」、「強烈意識反映社會問題的〈黃昏的蔗園〉」和「〈秋菊的半生〉裡深刻的蘊含」爲題，對這三篇小說進行剖析研究，可以參看。這三篇，尤其是後兩篇在小說技巧上，實屬獨特，歷來佳評也多。

二次大戰末期，楊氏撰寫長篇小說《春雷譜》（一九三六年十月起連載，未完），又有《部落日記》（一九四四年連載），用日記體小說批評時局，卓有可觀。楊氏於公元二千年逝世。

◎張我軍

本名清榮，台北縣板橋人。曾留學中國，因家境等關係返台，也曾在中國就職，而不甚如意。返台後在合作金庫任職，創辦《合作》雜誌，鼓吹棒球運動不遺餘力。所作小說有四篇，時代也早，號稱「臺灣新文學初期三傑」之一。其〈買彩票〉（一九二六年九月發表）、〈白太太的哀史〉二篇，反映臺灣人民苦痛心聲，尤爲重要。前者中有多方面訴求，是一篇切合時代的小說：拙編《臺灣小說名著新探》有專章討論。

◎楊守愚

原名松茂，彰化市人，與賴和同鄉。戰前凡創作三十七篇小說，一九二九年一月發表第一篇〈獵兔〉。他的作品取材很廣泛，均忠實的刻畫日政時期台胞的痛苦、掙扎以及反抗的情形，例如：陳述失業者的悲傷、無奈；描寫地主欺壓佃農；反映日本製糖會社剝削農民；刻畫日警的殘暴掠奪等。重要作品有：

〈凶年不免於死亡〉（一九二九年四、五月）
〈誰害了她〉（一九三〇年三月）
〈十字街頭〉（一九三〇年三月）
〈顛倒死？〉（一九三〇年七月）
〈一群失業的人〉（一九三一年四月）
〈斷水之後〉（一九三二年三月）
〈移溪〉（一九三六年六月）

◎吳濁流

本名建田，新竹新埔庄人，曾就讀臺灣總督府國語學校師範部（今國立台北師院前身）。畢業後擔任小學教師長達二十年。文章有散文、古典詩、小說等，而以小說爲主。一九三五年發表日文小說處女作〈水月〉，信心大增，後又完成下列重要小說：

〈功狗〉（一九三七年）
〈陳大人〉（一九四四年。日文）
〈先生媽〉（同上）

《胡志明》（後改名《亞細亞的孤兒》）。一九四二年寫作，一九四六年發表）

前三篇內容在譴責庸弱的知識份子、貪佞好色之徒，以及撻伐御用仕紳和製糖會社監工。而後者在將日政時期台人的命運和處境、時弊等，和盤托出，加以紀錄和批判。

◎**蔡秋桐**

是雲林縣元長鄉人。十六歲才進入公學校，但好讀書、寫作，畢業後擔任本鄉五塊村保正兼製糖會社原料委員；村事和糖務等的生活體驗，變成了他寫作的重要題材，眞實的記述他所見所聞，就深刻的嘲諷日本統治者的矛盾。他的重要小說是：

〈保正伯〉（一九三一年二月）

〈放屎百姓〉（一九三一年四月）

〈奪錦標〉（一九三一年七／八月）

〈新興的悲哀〉（一九三一年十月）

〈王爺豬〉（一九三六年四月）

〈四兩仔土〉（一九三六年九月）

蔡氏使用不少河洛母語，描繪臺灣的民情風俗，親切有趣，摹情狀物，倍增藝術魅力。常以「反話正說」的方式，也就是採用「反面寫實」，來諷刺日人，反而容易讓讀者接受。

◎朱石峰

原名石頭，筆名點人，台北艋舺人。幼年雙親棄世，家貧，刻苦力學，天性多情而敏銳，所以作品量多質也佳。第一篇作品是〈一個失戀者的日記〉，一九三〇年作，傾訴著戀愛的苦悶，抨擊傳統的婚姻制度，具有心理分析的傾向。

後期作品技巧精練圓熟，寄託深遠；如：〈蟬〉（一九三五年一月），借防空演習譴責戰爭不義。又如：〈長壽會〉（一九三六年七月發表），揭露台人牟利、揮霍的生活劣根性。再如：〈脫穎〉諷刺台民陳三貴趨炎附勢，數典而忘祖。

◎楊　逵

本名貴，彰化人。十歲才入公學校，受到日本老師影響，增廣文學視野。十七歲才考上州立台南二中，迷上世界文學名著，如：《戰爭與和平》、《悲慘世界》等等，爲日後的創作奠定良基。十九歲東渡日本，攻讀文學藝術，兩年後返台，參加社會運動。

一九三二年五月，處女作〈送報伕〉發表，憐憫低下階層小民受階級鬥爭之苦，喚醒台人的反抗意識。他傾全力抗日，前後被日警逮捕十次，而有「壓不扁的玫瑰」的美譽。臺灣光復後，一九五〇年因「和平宣言」又入獄十一年。楊氏以小說名家，處女作一炮而紅透半邊天，參選日本《文學評論》第一屆文學作品募集，即獲第二獎；首獎從缺，所以等於得首獎。其他名作如：〈田園小景〉（一九三六年三月發表上半部），後改名〈模範村〉；揭露日警表面上熱心改善村中的生活環境，而實際上暗中與地主勾結，只是向上級邀功，置村民生活於不顧，剝削小村民。下文蔡秋桐〈新興的悲哀〉也反映此種現象，可見日人的罪惡。楊氏曾自述其寫作小說的動機說：「我決心走上文學道路，就是想以小說的形式來糾正被編選的『歷史』；至於描寫臺灣人民的辛酸血淚生活，而對殖民殘酷統治型態抗議，自然就成爲我最關心的主題」（註五）。

楊氏在出獄的翌年一九六二年，在台中東海花園耕隱自適的農村生活之中，仍寄託其政治憤慨，代表作爲〈鵝媽媽出嫁〉；他以低沉的筆調，描寫一位日本醫院院長，如何爲了一隻鵝而刁難欺壓花農，同時穿插了一個醉心研究「共榮經濟」的林氏家破人亡的情節，旨在揭穿日人所提「大東亞共榮圈」的謊話。

◎阿Q之弟

是徐坤泉的筆名，澎湖人。早年負笈到中國上海聖約翰大學，白話流利。後浪跡日本、南洋。返台，擔任臺灣新民報通信記者。不久，在該報連載長篇大衆通俗愛情小說《可愛的仇人》（一九三六年一月）、《暗礁》（一九三七年四月）和《靈肉之道》（一九三七年六月），用白話文，間雜臺灣河洛語寫成，通俗易解，風靡久久；「一時家傳戶誦，雖人力車夫、旅社女傭，也喜讀這些作品」（註六）。

《可愛的仇人》敘述王志忠女友的夫壻，生活不檢，自甘墮落；王對求學、戀愛都嚐盡了失敗的痛苦。而《暗礁》也敘述主角王志忠勵志苦學，盼望衣錦榮歸，博得女友歡心。但是，無奈東京嚴寒，病倒異鄉，無法工作，旅費也用盡，只得輟學返家；但又受到女友家長的排斥，女友嫁得金龜壻而去。

對這種藝術價值不高的小說，爲何仍加以介紹？葉石濤認爲「其鄉土色彩的濃郁卻是特色」（註七），而林芳年也持肯定的態度，說：

「當新文學運動未全面展開之前，……『可愛的仇人』與『靈肉之道』兩長篇小說，導引臺灣青年對新文學運動的熱愛，於是有志於文學活動的青年們，紛紛以白話文創作小說及新體詩暨散文。」（註八）

和徐坤泉同樣寫大衆小說的，有北縣人吳漫沙，創作《韭菜花》（一九三九年三月連載）、《繁華夢》（一九四〇年）和《大地之青》等等。

◎翁鬧

彰化縣社頭人，爲一養子，窮苦但心靈熱切、敏感而浪漫。一九二九年畢業於台中師範學校後，赴日留學，與張文環、巫永福等均有過從。不幸在三十二、三歲即逝世；留有一篇中篇、六篇短篇小說。

一九三九年發表中篇〈有港口的街市〉，其內容今仍不詳。六篇短篇可分爲兩類：

一爲〈音樂鐘〉（一九三五年六月）、〈殘雪〉（一九三五年八月）、〈天亮前的戀愛故事〉（一九三七年一月）等，以對愛情渴望、思慕異性爲主題；另一爲〈憨仔伯〉（一九三五年七月）、〈羅漢腳〉（一九三五年十二月）、〈可憐的阿蕊婆〉（一九三九年五月）等，以臺灣農村生活、農村小人物爲描繪對象。

〈音樂鐘〉爲翁氏第一篇小說，描寫少男單純而熱烈的愛慕，內心的幻想、掙扎、徬徨，伴隨音樂鐘單一的反覆著。而〈殘雪〉，寫留日男生徘徊於台女和日女之間的矛盾心情；盲目愛戀著日本女性，因而對舊識的台女舉棋不定，借蝴蝶等自然界生物交歡的情形，比喻主角強烈的愛慾。但結果卻是失敗的。

翁氏另一類小說〈憨伯仔〉，由描寫居住環境、生活變遷與日常起居等，刻畫三〇年代農村的窮困生活，令人鼻酸。〈可憐的阿蕊婆〉，寫住在城鎮的老婦人，生活孤寂，勾勒出日政時代生活的變遷所影響的家族興衰。而〈羅漢腳〉，則以小孩子天眞之眼，展現臺灣農村習俗，如：猜墓粿、收驚、對玩水的禁忌等等。又反映出貧農生活的悲苦，也讓人油然生出對日本殖民的痛怨。

總結來說，翁氏的作品帶有濃厚的文學趣味，擅長心理分析；與前反殖民、反封建的抗議文學相較，獨樹一幟，開啓另一臺灣文藝的嶄新局面。

◎張文環

嘉義縣梅山人。公學校畢業後，東渡日本，一九三一年進入東洋大學文學部，雅好文學，追隨世界潮流，民族意識也極強，。言行特異，多次遭日警逮捕拘押。他口才出衆，雖在拘留所、監牢中，也吸引看守人員對臺灣人之遭遇深有認識；他爲囚犯、獄卒講述臺灣故事，尤有口碑。返台，一九四一年，與黃得時等創辦《臺灣文學》雜誌，來與日人西川滿在台發行的《文藝臺灣》分庭抗禮，爲戰時臺灣文藝的主力。

張氏用日文創作，在日政時期有二十二篇小說，名作不少，是質量並佳的「大師級」小說家，所謂「創作力最強，水準最高的台籍日文作家」（註九）。他的第一篇小說〈落蕾〉，發表於一九三三年七月。其重要作品爲〈父顏〉（一九三五年）、〈山茶花〉（一九四〇年，長篇小說）、〈藝妲之家〉（一九四〇年五月）、〈論語和雞〉（一九四一年九月）、〈夜猿〉（一九四二年二月）、〈閹雞〉（一九四二年七月）等。多以臺灣農村生活、民情習俗爲主題。

臺灣光復後，由於語文和社會體制，二二八事件之刺激等，張氏暫停文學活動。一九七二年再以日文撰寫長篇小說《滾地郎》，以及一九七七年以日政時民族運動蓬勃之知識份子爲主題，寫小說〈從山上望見的街燈〉，未完稿而心臟病猝逝。

綜觀張氏的小說，徹底的寫實手法，呈現了臺灣社會的眞實面貌，描寫村夫村婦、市井小民、麵攤人家、私塾教師、南北奔波的藝妓等等人的生活，進而探討人性的衝突和弱點，人的尊嚴和卑微人物的艱困生活等。張恆豪特別強調他的本土性，說：

「張氏小說中，除在反映做人的條件，發揚守鄉護土的意識外，對於臺灣農業社會的風俗習慣、民間傳說、生活方式，及四季遞移的描繪，也佔了相當比例。」（註十）

◎龍瑛宗

爲劉榮宗的筆名，新竹北埔人。家道尚好。入公學校，已能作文；體弱，家人供其繼續升學，就讀臺灣商工學校（台北開南商工職校前身），博覽群籍，又獲明師指引，故在任職銀行後，一九三七年以處女作〈植有木瓜樹的小鎮〉，入選日本《改造》雜誌社小說徵文，一鳴驚人。日政時期共有二三篇中、短篇小說；除〈植有木瓜樹的小鎮〉之外，重要作品有：〈黃昏月〉（一九四〇年）、〈黃家〉（一九四〇年）、〈白色的山脈〉（一九四一年十月）、〈不知道的幸福〉（一九四二年九月）、〈一個女人的紀錄〉（一九四二年）、〈蓮霧的庭院〉（一九四三年七月）、〈歌〉（一九四五年一月）。

這些作品主題，始終環繞著臺灣，表現對現實的不滿、時代的壓力，尤其是知識份子現實與理想之間的內心衝突等。如：〈黃昏月〉寫彭英坤中學時品學兼優，英姿勃發，但相隔五年，他墮落、懶惰、債台高築、妻兒無依、慘況不忍卒睹。〈黃家〉也反映殖民體制下，知識份子的頹廢與無奈。又如：〈白色的山脈〉以旅社女服務生爲對象；〈不知道的幸福〉和〈一個女人的紀錄〉，均以庶民爲對象，而且以日政時婦女生活爲主題，發覺女人的生活表象和內心感受，不再以男性爲主角。一介匹婦，卻以單純的信仰、堅強的生命力，在惡劣的殖民日子中，堅強的存在著。

光復後日文版停刊後，劉氏即停筆，再返金融界服務，直到一九七六年退休後，重做馮婦，一九七七年即完成中篇小說〈媽祖宮的姑娘們〉，短篇小說〈夜流〉和〈月黑風高〉等，一九七八年完成長篇小說《紅塵》；一九八〇年自傳小說〈斷雲〉發表；次年又有〈勁風與野草〉，均受到文壇的肯定，實屬不易。

◎巫永福

南投縣埔里人，一九一三年出生於南投。公學校畢業後，就讀台中一中，遍讀世界文學名著。後負笈日本，攻讀文藝科，開始發表小說。一九三五年返台，任記者、台中市府秘書、中化公司總經理等等。他寫詩、小說和散文。先後撰寫七篇日文小說，重要的有：

〈首與體〉（一九三三年七月）

〈河邊的太太們〉（一九三五年二月）

〈山茶花〉（一九三五年四月）

〈慾〉（一九四一年九月）

一九九七年十一月一至二日，淡水學院舉辦「福爾摩莎的桂冠——巫永福文學會議」

中，有陳建忠、游勝冠等人，就〈首與體〉一篇，作深入的探討；向陽、李敏勇、林柏燕等則加以討論。這篇小說揭發社會黑暗面，表現抗日的情懷。而末篇〈慾〉，表現日政時期商人急於求利，藉著複雜人際關係的鋪陳，點出自私、貪慾和不擇手段的人性弱點；在當時算是「異類」。

◎呂赫若

爲呂石堆的筆名，台中潭子鄉人，一九一四年出生。一九三四年畢業於台中師範學校。次年，處女作〈牛車〉刊於日本《文學評論》雜誌，嶄露頭角。一九三九年，赴東京習聲樂，演過歌劇。呂氏喜好文學，關心農家，同情婦女的不幸。一九四二年自日返台，致力於小說的創作，先後有二〇篇。他的重要小說，除〈牛車〉之外，尚有：

〈婚約奇談〉（一九三五年七月）
〈才子壽〉（一九四二年三月）
〈風水〉（一九四二年十月）
〈月夜〉（一九四三年一月）
〈清秋〉（一九四四年）
〈風頭水尾〉（一九四五年）

葉石濤的《臺灣文學史綱》談到呂氏小說的內容，說：「描寫殖民統治下臺灣家庭的各種變遷，他刻畫封建性大家庭制度下的頹廢與掙扎，記錄了大家族制度的興起和衰亡」。林瑞明教授又加上家庭的「重建」。葉氏更肯定他的成就說：「技巧卓越，充分吸收了現代西方作家的表現技巧，因此意象鮮明，人物的刻畫眞實而實際，又不流於類型化，在日據時代作家中是文學成就最高的一位。」（註十一）

◎葉石濤

西元一九二五年出生於台南市。末廣公學校畢業，考入台南州立第二中學，後曾就讀台南師專特師科。擔任小學教師四十多年後榮退。他從十六歲就開始小說創作，最早的四篇小說，〈媽祖祭〉、〈征台譚〉等均已佚；今存最早的小說集《葫蘆巷春夢》（一九六八年六月初版）。總計他有二十部小說集（前四者佚），篇數則在一百篇以上。除上述外，重要的小說集有：

《羅桑榮和四個女人》（一九六九年三月）

《姻緣》（一九八七年）

《紅鞋子》（一九八九年）

《西拉雅族的末裔》（一九九〇年三月）

《臺灣男子簡阿淘》（一九九〇年九月）

《馘首》（一九九一年）

《異族的婚禮》（一九九四年）

在單篇小說方面，日政時期，葉氏有〈林君寄來的信〉（一九四三年四月）和〈春怨〉（一九四三年七月）二篇。由於白色恐怖坐牢停筆；因此，葉氏的小說多半寫於六十年代之後。他被張良澤譽爲「短篇小說之王」，淡水學院臺灣文學系一九九八年十一月七日，曾頒發「臺灣文學家牛津獎」，並爲舉辦一天的「福爾摩莎的瑰寶——葉石濤文學會議」。會中，張良澤教授論文，即譽葉氏爲臺灣短篇小說之王。此外，又有許素蘭老師談其小說〈齋堂傳奇〉的雙重主題。

葉氏除自創小說之外，也翻譯外國小說等作品，如《地下村》（一九八八年）、《愛與生與死——托爾斯泰篇》（一九八八年）、《西川滿小說選1》（一九九七年二月）、《臺灣文學集——日文作品選集1、2》（一九九六年、一九九九年二月）。

全面探討葉氏的小說風格的論著，尚未出現；大抵均爲美評，如許俊雅說：「葉氏之小說，由浪漫漸趨寫實，由唯美漸趨鄉土，由愛情寫到史事，與時俱進，寖臻精熟之境，宜其管領風騷，而成臺灣文學之巨擘。」（註十二）筆者近撰〈葉石濤及其文學芻探〉一文，短篇小說一節，曾分：先住民小說創作、白色恐怖政治小說的自呈、多族群風貌小說的實驗和個人不忘家國的抒情小說等，來探討葉氏的小說（見後文）。

◎王昶雄

本名榮生，台北淡水人，淡水公學校畢業。一九二九年負笈日本，入郁文館中學，後攻讀文學，再轉讀牙醫系。一九三九年發表《淡水河之漣漪》。一九四二年返台，次年七月又發表《奔流》，爲其代表作品。王氏多以日文寫小說，作品多但譯出較少。中篇除上述外，又有《梨園之歌》、《鏡子》等。短篇小說更多，如：〈回頭姑娘〉、〈流放荒島〉、〈阿飛正傳〉、〈某壯士之死〉、〈當緋櫻開的時候〉等等。

以《奔流》爲例，有人以爲是皇民文學的品，歌頌日本皇民化運動；實則不然，他委婉巧妙的批判皇民化，透過伊東春生、林柏年理念的相異，以醫生的立場，檢視心靈的鬱悶，並傾吐台人處在皇民化運動時的牢愁、徬徨的心情，這正是「正言反說」的高妙手法呢！

眞理大學臺灣文學系在二〇〇〇年十一月四日，頒致一座他生平第一座文學獎「臺灣文學家牛津獎」給他，並舉辦一天的學術研討會，甚爲圓滿。

◎鍾肇政

桃園龍潭人，一九二五年出生，父客家、母河洛人氏。台北市太平公學校讀日語，遷回龍潭公學校二年級，加學臺灣客家話，一生以客家、爲客家人爭平等自期。

後畢業於淡江中學，一度進入臺大中文系，然因服役時失聰而輟學。安心服務小學數十年退休。二〇〇〇年五月，爲陳水扁總統聘爲藝文資政。業餘創作長、中篇小說至多，已印行短篇小說集十部，如：《殘照》(一九六三年)、《大肚山風雲》(一九六八)、《中元的構圖》、《馬利科彎英雄傳》(一九七九)等等。篇數知見者達一五四篇。而他尤長於長篇小說的創作，可謂『臺灣長篇小說之王』。已出版長篇小說集二十二種，其中以所謂歷史『大河小說』著名；如：濁流三部曲、臺灣人三部曲、高山組曲(兩部)。另外，《魯冰花》、《插天山之歌》、《八角塔下》、《卑南平原》等等，也均極膾炙人口。

鍾先生為小學教育奉獻數十年，在百忙中勤於『割肉換錢』的長篇小說的創作。著作等身，各類總共達一百三十部以上，允為臺灣的『文豪』，一九九九年十一月六日，眞理大學除頒發一座『臺灣文學家牛津獎』給他之外，也舉行一天以他的作品為對象的學術研討會，定名為『福爾摩沙的文豪——鍾肇政文學會議』。

◎鍾理和

屏東人，一九一五年出生。公學校畢業後，因喜好文學、繪畫，考不上中學，只好又讀一年半私塾，打好中國古典文學基礎，並閱讀五四時代的新文學作品。十九歲，隨父親遷居高雄美濃，做農場助手。後因愛上同姓女工台妹小姐，不容於家，而在一九三八年往中國瀋陽，兩年後返臺攜平妹私奔。一九四一年定居北京，零售煤炭為生，不忘寫作。對中國及中國對臺政治並不滿意，而於臺灣光復次年返臺，任初中代用教員，因肺疾住院，手術療病三年多，一家六口皆平妹一手承擔，但鍾氏仍寫作不輟，一九六○年咯血而死。

一九九七年高雄縣立文化中心重印的鍾氏全集，收有中、短篇小說二十八篇和數篇未完成稿；另有長篇小說《笠山農場》。《笠山農場》固然是他的代表作，短篇小說方面，〈蒼蠅〉、〈同姓之婚〉、〈貧賤夫妻〉、〈菸樓〉、〈挖石頭的老人〉、〈野茫茫〉等等，也是重要的鄉土小說。

張良澤先生曾全面剖析鍾氏文學的風格有九點，與小說比較有關的是觀察深刻、描寫細膩、人物生動活潑、意象鮮明、場景突出（註十三）。

二、光復以來的臺灣本土小說名家及其作品

◎王禎和

一九四一年出生於花蓮，一九六○年考入台大外文系，即發表處女作《鬼・北風・人》，一九六六年寫《嫁妝一牛車》；次年又寫《五月十三節》，是以臺灣的大拜拜爲背景。一九七三年寫《小林來臺北》，批判臺灣人崇洋、打麻將的陋習。一九七六年寫《三春記》、《寂寞紅》；一九七九年寫《香格里拉》等集子。

他的短篇小說僅近二十篇，大部份取材於一九六○年代以來的臺灣底層社會風貌，『色彩偏灰暗，格調較爲低沉。小說中的悲劇主人公都懷有對美好生活的嚮往，和擺脫

痛苦、屈辱的願望，他們也不缺乏堅韌的性格，……然而，冥冥之中彷彿早已有了「定數」，任他們如何掙扎，也難逃厄運。』（註十四）可見他的目的是在寫小人物的生活悲苦。七〇年代以後，則色彩趨於明朗，人物的生活態度也較爲積極了。

葉石濤先生更提及他：『大量的使用方言，但這些方言並不一定是實際生活中的方言，卻落實在經他鑄造的「文學語言裡」。』葉氏又說：『他後期的小說《香格里拉》、《小林來臺北》、《美人圖》等，逐漸加強了社會性觀點』。（同註十一）

◎鄭清文

一九三二年生於桃園，鄰近新莊，台大商學系畢業後，在華南銀行任職，直到退休；業餘寫作。由於小時候受過日文教育，吸收外國文學能力高。寫的多半是短篇小說，凡有一百多篇，有小說集《簸箕谷》，後來又有《校園裡的椰子樹》、《現代英雄》和《最後的紳士》、《大火》等等；以及長篇小說《峽地》。一九九八年，彙爲《鄭清文全集》出版。

他寫作的內容，常以自己家鄉、小時候的生活環境爲背景，用貌似平淡無奇的筆觸，來表現浪濤迭起的內心活動；也就是由人內心生活的透視，來浮現時代、社會的轉變給人內在的反應或制約。在不慍不火中，臺灣昔日農村、社會半下階層的生命情況，就被勾勒出來，而感動讀者。誠如鄭先生所自承：『如果必須是在「乾枯」和「氾濫」中二選一，我寧願選擇前者。一種文字有一種文字的優點。在這些優點中，我最珍視「節制」兩字』（註十五）。這是他小說的文字特色。

◎李　喬

本名能棋，『一九三四年六月十五日，生於苗栗山區蕃仔林』(履歷表)。一九五四年新竹師範學校普師科畢業，高考教育科及格；曾任小學、初中、高中老師近三十年退休。二〇〇〇年五月，爲陳水扁總統聘爲國策顧問。一九六二年開始寫小說，有二百多篇；輯爲：短篇小說集《告密者》、《恍惚的世界》和《李喬自選集》等十四部。長篇小說《寒夜三部曲》、《藍彩霞的春天》和《埋冤一九四七埋冤》等四部；尤其是前、後兩者，更奠定了李先生在『大河小說』上的地位。

李先生除文學創作、論述(曾有《小說入門》、《臺灣文學造型》等等)外，自一九八二年退休後，致力於臺灣文化『改造運動』，也有不少著述；但據他對筆者說，他的主要興趣在小說的創作與教學上。他由表現童年鄉土的內容，再追求神秘主義、唯美主義，最後又回到鄉土寫實之路；中國公仲等著的《臺灣新文學史初編》說：『苦難的生活歷程，很快呼喚他迷途知返，向寫實主義回歸。此後，深深植根於民族生活的土壤(政華按：即指臺灣本土)，寫自己最熱愛、最熟悉、感受最深的人和事，成爲李喬堅持不渝的創作原則，也成爲他成功的秘訣。』(頁一八八)

葉石濤的《臺灣文學史綱》對李氏的小說，也有深刻的看法，他說：『一般說來李喬是臺灣作家中最善於馭使西方現代小說技巧的作家，意識流、內心獨白及時空倒錯，是他——司空見慣的技巧。——他的小說紮(扎)根於臺灣現實大地——他用佛教倫理的思考方式來剖析人生的各種痛苦，並觸及到「輪迴」的問題。』(頁一三一)

◎王　拓

本名紘文，一九四四年生於基隆八斗子。由於出身貧困的小漁村，對貧家的生活和感情，均有深刻的了解。後畢業於師大和政大中文所；曾任中學、大學教師及編輯《文季》。一九七〇年六月，以〈吊人樹〉小說崛起文壇。他有小說集《金水嬸》(一九七六年)、《望君早歸》(一九七七年)。一九七九年十二月，因美麗島事件被捕入獄，五年後才假釋出獄，刊行長篇小說《臺北・臺北・一九七一》。另有《牛肚港的故事》，是在獄中創作的長篇小說。

葉石濤先生評論道：『他的小說強烈地指出臺灣社會充滿著異常的拜金思想、物質至上主義，而在反面深刻地同情在窮苦生活中呻吟的小人物，憤怒地指控毒化這些底層社會小人物的愚昧、迷信、賭博、疾病及絕望。這是繼承臺灣新文學反帝、反封建的優越傳統。』(《臺灣文學史綱》頁一五六)

〈金水嬸〉是王拓的代表作，寫金水嬸是漁村小商販，辛苦把六個兒子拉拔長大，受高等教育，功成名就；但是當金水伯生意失敗，欠了一屁股債，兒子們卻置之不理，氣死了金水伯。金水嬸更加辛苦的粒積，不怨天不尤人，對孩子的感情也始終如一。這位臺灣傳統的女性，自我犧牲，甘願付出，最崇高的美德顯現出來了，令人動容。

他是位『漁村作家』，也是位道地的鄉土作家；但是他沒有被狹隘的鄉土侷限，他很正確的了解鄉土，他說：『熱愛鄉土基本上是很正確的很值得提倡的。但是，我們也要努力辨明一個客觀的事實，就是歷史是要向前進步的，在歷史進步的過程中，一定有一些東西，有一些人物是要被淘汰的，在這種情形下，我們必須冷靜地分析一個鄉土人物的沒落與掙扎；而千萬不能給予一味的擁抱和惋惜。』（註十六）

◎楊青矗

一九四〇年生於臺南縣鹽分地帶，幼年隨父親遷居高雄；由農人變工人，父親爲煉油廠工人，在一次火災中殉職，楊氏必須要負擔家計，工餘自修學習，教育自己。一九六九年以小說〈在室男〉出現文壇。到一九七九年美麗島事件被捕爲止，已出版短篇小說集《在室男》(一九七一年)、《心癌》(一九七四年)、《工廠》(一九七五年)和《工廠女兒圈》(一九七八年)等等，凡六部。

他在小說中描寫臺灣四百萬勞工，在不良的制度下被資方剝削，極富有人道精神和正義感，是著名的『工廠作家』，和王拓的『漁村作家』、鍾鐵民的『農村作家』齊名。

他用日常化的母語，使作品氣氛活潑。而以工廠爲背景，寫盡工人在生活上的悲歡離合故事。他生於工人家庭，最了解勞工，爲勞工代言，主張工權，爲他們抗議、指控政府和資方的不是。這在臺灣文學史確有其地位。他近年來改從事於母語推行工作，也卓然有成。

◎**洪醒夫**

原名媽從，一九四九年生於彰化縣二林鎭。臺中師專畢業後，任小學教師。後來死於車禍，享年才三十四歲；但他也是『農民作家』，作品的影響力甚至於超過鍾鐵民。他生在貧困農家，寫的是臺灣農村景觀，泥土味很重。

從一九七一年發表〈跛腳天助和他的牛〉起，他堅定的寫作路向是描寫農村的困苦、文化傳統的現實，因而有劃時代的作品問世。他有短篇小說集四部：《黑面慶仔》（一九七八年）、《市井傳奇》（一九八一年）、《田莊人》（一九八二年）和遺著《懷念那聲鑼》（一九八三年）。其中，發表於一九七八年的〈散戲〉曾獲聯合報小說獎，用高妙的技巧，剖析臺灣農業社會轉移至工業社會過程中農村的疲困現象，頗爲成功。

◎**宋澤萊**

本名廖偉竣，一九五二年生於雲林縣二倉鄉。臺灣師大歷史系一九七五年畢業，在彰化福興中學任教，以筆名發表〈打牛湳村〉在《臺灣文藝》上，奠定他在臺灣本土文學上的位置。一九七八年出版小說集《打牛湳村》，次年，出版《糶穀日記》、《惡靈》、《骨城素描》等，一九八〇年出版《蓬萊誌異》。並有長篇小說《變遷的牛眺灣》。一九八五年更有科幻小說《廢墟臺灣》，是關心臺灣環保生態的動人小說。

〈打牛湳村〉是他的代表作，深刻反映了六、七十年代的臺灣農村現狀，是對凋敝的臺灣經濟和困頓的農民生活的形象寫照。地處偏僻村莊的瓜農，含辛茹苦種了梨子瓜(黃皮香瓜)豐收，原本可以賣得好價錢，卻被昧著良心的瓜販壓得太低的價錢。瓜農走投無路，群起反抗，卻遭警察蠻橫無理的干涉。小說展現了一幅豐收反致災，農民勞而無獲的慘狀，引起當時社會的注意。《變遷的牛眺灣》也有類似的表現。中國劉登翰等編的《臺灣文學史》下册，曾歸納他的農村小說特色有二：一爲在多維視角中透露出一個『全景式』的農村社會。二爲不止描繪農村的凋敝，『更進一步揭示造成破敗的原因，提出在現代文明與傳統文化衝擊中，農村所面臨的困惑與出路』。簡言之，他的小說是具有思想性的；這和他大學時研究佛洛姆的理論有些關係。

附註

註一　〈可怕的沉默〉小說，屬寓言性質。內容寫一隻老馬挨打也不叫半聲，和一位穿西裝臺紳被日人汽車濺污了，也默不做聲的老蔡，都是日據時代臺灣同胞隱忍沉默，逆來順受的象徵。

小說作者在傷痛之餘，呼籲臺人以『臺灣文化協會』的立場批判所謂老蔡所代表的日本官方所散播的奴才思想。

註二　〈批判，才有力量〉，一九九七年十月十九日臺灣日報副刊。

註三　《臺北師院語文集刊》第三期，國立臺北師院語文教育系編印，一九九八年六月出版。

註四　一九九七年一月文史哲出版社印行。

註五　一九七四年十月二十五日，楊逵在『日據時代的臺灣文學與抗日運動』座談會中發言。

註六　一剛(王詩琅)〈徐坤泉先生〉，《臺北文物》第三卷二期，頁一五六，一九五四年八月二十日出版。

註七　葉石濤《臺灣鄉土作家論集》頁三十二〈臺灣的鄉土文學〉，遠景出版社。

註八　『臺灣新文學回顧座談紀錄』，林芳年發言。

註九　許俊雅《日據時期臺灣小說研究》頁二五九。

註十　張恆豪〈張文環的思想與精神〉，《臺灣文藝》第八十一期，頁六十二，一九八三年三月。

註十一　頁六十四。

註十二　同註九頁二八三。

註十三　〈鍾理和作品論〉，林衡哲等編《復活的群像》頁一四五～一五〇，一九九四年六月前衛出版社本。

註十四　公仲等著《臺灣新文學史初編》頁二二〇～二二一，一九八九年八月江西人民出版社本。

註十五　鄭清文《臺灣文學的基點》頁一八〇，我的文學觀。一九九二年七月派色文化出版社。

註十六　見一九七七年王拓出版文評集《街巷鼓聲》。上引公仲等編著書，頁一三九。

蔡秋桐〈新興的悲哀〉的寫作技巧

蔡秋桐，一九〇〇年生於雲林元長鄉五塊村，是臺灣新文學作家中北港地帶的代表人物。由於家貧，十六歲才上小學，而村子裡讀書的人不多，所以，他廿二歲畢業後即當上了保正（村長），並兼日轄製糖會社的原料委員，直到臺灣光復，前後凡二十五年；因此對臺灣農民的生活知之甚詳，成爲一九三一至三六間他創作本土小說的主要題材。他的著名小說有：〈保正伯〉、〈放屎百姓〉、〈新興的悲哀〉、〈興兄〉和〈四兩仔土〉等等。

一般研究者都能重視〈新興的悲哀〉這篇小說，但能詳確地道出其特色和寫作的深層動機的卻不多，所以，值得吾人重加探討。小說內容大致如下：「位於海口附近的T鄉，是甘蔗特產地。……自從新社長本頭上台後，就大做廣告，鼓吹T鄉是將來S會社第四工場建設的候補地，將來海口築港，T鄉的地價會高漲。爲使臺灣人能發財，會社決定把土地讓給大家，成立自作農組合。在他花言巧語的誘惑下，……（鄉農）林大老到T鄉考察，卻不知日本C大人（華按：日警）正與本頭策畫坑害百姓的陽謀。……而林大老和眾鄉親卻上當受騙，挿秧不成，種蔗也不准，受盡殖民者的敲榨勒索，生活無望。而對此情形，林大老切齒頓足，從內心發出悲憤的呼喊：『哎！上當了，無一不是資本家的騙局』。」（引自中國劉登翰等主編〈臺灣文學史〉）

這樣的一篇小說，張恆豪曾點出其「諷刺」的寫作技巧，說：「表面上好像在讚頌日帝的德政，暗地裡卻在咒罵日本大人的無天良，收紅包，大飽私囊。」可惜未加詳論。中國古繼堂的《臺灣小說發展史》也未討論此篇，卻在章節之末，加以批評說：「蔡秋桐作品的不足之處是用臺灣方言描寫，給閱讀帶來了障礙。」殊不知這正是蔡氏小說的「特色」，誠如施淑教授所說：「蔡秋桐創作活動時期，正值臺灣話文廣受討論的階段，因生活環境及個人經驗，他在文學上表現了強烈的本土色彩，是運用臺灣話文於創作實踐的重要鄉土作」。

進一步來談小說使用母語詞彙，雖然未必人人可以全懂，但是只要看懂的人說給大眾聽，指導別人去欣賞，則普及化、開發民智的作用並不打折扣。準此，游勝冠〈日據時代臺灣新文學本土論的建構〉一文所說：「在當時識字大眾微乎其微的臺灣社會，要以文字達成大眾化的目標，簡直是癡人說夢。」也是值得商榷的。總之，吾人知人論世，在那個時代，那個環境之下，蔡氏使用母語寫小說，讓傳播、啓迪民智者不必「多此一舉」（指由華語再譯成母語），直接將母語內容教給臺灣民眾，眞是用心良苦啊！如果當年後繼有人，本土話文學運動成功，則今日許多從事本土話文學創作和推廣的人士，也就不必那麼辛苦了。

在這裡，我們看到蔡氏當時角色的「矛盾」，一面當日府小官，一面又要寫小說批判日人的荒謬和欺瞞。最後他找到了平衡點，那就是不特意在作品中有「激烈的反抗意識」，而在技巧上用不犯忌諱的法子，張恆豪說：「他以最詼諧、最輕鬆的形式，來暗藏最無奈、最嚴肅的主題，而表現得維妙維肖，無跡可尋。他不像賴和、守愚的『正面寫實』，而是自成『反面寫實』一格。」這也就是後來古繼堂所謂的「不是採以喜（嬉）笑怒罵，急火攻心之法，而是採用溫吞的文火燉肉之術。從效果上說，這種「反面寫實」的「準嘲諷」手法，比正面而激烈的文字，既不犯忌諱，又容易令人接受，兩全其美；後來似乎只有王昶雄、吳濁流能承繼此一「溫厚」筆法。

溫厚、溫吞的氣象頗難描述，在此只以小說題目「新興的悲哀」略作分析。就常情而言，落後地區的人無不盼望「新興」機會、儘速開發繁榮的到來，但蔡氏卻以「悲哀」來描繪它，這不是藏有「諷刺」的意味嗎?在小說中又有一處明白的提到「新興」，那就是：「大老這一行同志來到，就卜地於T鄉東方K組合監視所附近，這是採新興之意，東方是日出之鄉，像日初昇的款式。」村夫村婦的一廂情願、天眞作爲，正是蔡氏藉以對比日本政權的殘暴欺壓！「東方是日出之鄉」，暗指日本，因爲日旗中有一大紅日。總之，蔡氏不著痕跡的諷喻技巧，是文學寫作中極高明處，吾人閱讀最不宜輕輕滑過。

蒙特婁有什麼好

——評林柏燕小說《北國之秋》

人，這種動物蠻奇怪的，充滿各種質性，其中有一種叫做「矛盾」，例如：做一行，怨一行；得不到的才好，而自己已擁有的瑰寶，卻看不起眼，甚至以爲外國的月亮比本國的太陽會發光發熱。人心永遠不滿足，永遠在追尋。新竹客籍的林柏燕老師的長篇小說《北國之秋》，就是這麼一部具有啓發性的小說。

故事主人翁劉雨田，一九八一年移民加拿大；那時，臺灣尚未解嚴，因此有許多臺灣政治、社會、意識型態等等素材入文。而在一九九四年返國，前後去國十三年。小說中主角對加國，乃至全世界的歷史、地理、文化、政經等，都有深刻的觀察。但是，故事發展的時間，卻在一天之內；所以絕大部分的情節內容，都用倒敘、回憶的方式處理。大抵說來，講求技巧，敘寫暢順，是一大特色。

故事開頭寫劉雨田單身移民加拿大，持的是「ROC」的護照；移民官卻在表格上

「刷！」一聲，把它劃去，改作「TAIWAN」。「一時，劉雨田傻了眼。」（頁十三）移民官解釋道：

「你知道，臺灣是臺灣，她不能代替也不能代表中國。假如你說你來自ROC，這兒許多人會糊塗，以爲是中國（按：指中華人民共和國）；所以，我才劃掉ROC。」（頁十四）

在這個節骨眼上，作者介入了，他說：「護照裡，劉雨田的出生地是『中國』。事實劉雨田出生於臺灣。臺灣的政府一向帶頭僞造文書」。已不給國民黨政權好臉色，後來更可說破口大罵：「這麼簡單的邏輯，連外國的大鏢客（按：指加國移民官蓄大鬍子如電影中人物）都懂，可惜臺灣本身無法共識，或裝聾作啞，或指鹿爲馬，或睜眼說瞎，或死鴨嘴硬，……。」（頁十五）

像這樣涉及臺灣國格定位的，小說中有多處。至今在中共的威脅下，台人雖然百分之七十以上均已有了定見，但又不敢大聲說出來，何況去實行？這就是臺灣長期被殖民的宿命嗎？

加拿大幅員遼闊，適合台僑居住的地方很多，作者爲什麼獨鍾魁北克省的首府蒙特婁？不是因爲奧運曾在那兒舉辦，而是：「魁北克當年是由法國人先登陸的。而今整個加拿大由英語系人控制。」（頁七八）魁北克人喊獨立喊了數十年；這難道不是影射著臺灣的政治現實嗎？所以，這部小說其實是在寫臺灣啊！

林老師舉個例子說：「蒙特婁到處是具有生命啓示的藝雕，或讓人沉思、憧憬、激賞、怖懼——但絕無個人崇拜的偶像。」（頁五八）這對應著同頁下文所說的臺灣的「銅像」到處是，加國是小巫見大巫。政治銅像之氾濫，盡人皆知，不必贅說了，「台南有個巨賈，竟在公園塑起自己的銅像；除了提供各路飛鳥作爲中途站，屙下兩堆屎之外，別無意義。」作者老實不客氣地批判，代表著臺灣人的良心、反抗暴力的眞國格！

整體看來，作者對中國劣根性的批判，所佔篇幅最多，也最精彩，是這部小說有別於其他譴責小說的地方。例如：藉中國現代電影「黃土地」來表現。一個渾身縫縫補補的小女孩，翻山越嶺到「十里」之外的黃河邊挑水。人民解放軍問她：挑水要走多遠？她幽淒的說：不遠，「五里」。後來，不得已嫁給醜陋的老頭。娘家挑水工作，換由小弟。小弟問：「姐——妳怎麼樣？」她只回一句：「苦呀！」作者說：「這種苦，呼天不應，叫地無門，有誰能解救她？有，有，中國人民解放軍。」電影情節繼續發展下去，其實是沉重的諷刺：「一九八九，解放軍的坦克，在濛濛晨霧的天安門，有如嗞血的巨龍。」（頁十八、十九）

更成功的表現是這本小說的幽默諷刺技巧，例如：在談到臺灣早就沒有黑名單了，而中國還有，劉雨田對廣東華僑李仁棟說：「如果能夠和江澤民一起上洗手間，今天算是一等人了。尿完了，江澤民甩兩下，你也甩兩下，必須統一，口徑一致，不能多甩哦！你比他多甩一下，你就是反革命！」這已經對所謂「統一」挖苦到了極點。在哈哈大笑之餘，接著作者又「忍心」加上下面一段話：「你知道，大陸的廁所都沒有門，中共對你一清二楚，比歐威爾的《一九八四》老大哥還厲害。」（頁一八八）

劉雨田「旅加」十三年，作者要在一天之內把他的所思所見所感道盡，已屬不易；而除了他的一般小說情節之外，又企圖要表現主角的「做爲一個知識份子，從國家定位的模糊、個人身份的荒謬、存在感的失落、無力感的挫折」（頁二七八，作者的「後記」），這些內心世界微妙的意識，更是不容易。但是他做到了，這本小說所以有看頭，也正在於此。

附註：此書於一九九九年六月，由新竹縣立文化中心出版。在此之前，先在眞理大學創刊出版的《淡水牛津文藝》第一至三期連載。

不是臺灣人也不是中國人

——小說《陳夫人》的啓示

在二〇〇〇年春，人人大談王筱嬋、張女士、章孝嚴祕書長的當兒，還有民間基金會在不久前剛舉辦完「二十一世紀的臺灣民族與國家」研討會之後，大家來讀這本日人廣司總一的小說《陳夫人》，不得不有勁爆的啓示。

所謂「陳夫人」，並不是陳水扁夫人，而是四〇年代初，曾在台十多年，受中小學教育的日本作家廣司小說中的女主角安子，爭取婚姻自主權而私奔來台，嫁給台南的資產家小開陳清文爲妻。千百年來，世界各地異族通婚，固然幸福美滿的多，而且後代多半比較傑出，只看歷年諾貝爾獎得主，常見混血兒即可得知；不過，不幸的悲劇，不也一再的上演嗎？

陳氏夫婦面對的是日本據台末期，即日本殖民政府要求臺灣人「皇民化」的尷尬、苦悶時期，牽涉到今天臺灣有些人仍存在的「認同」問題。陳清文早先也曾赴日本受高等教育，也有他做日本皇民、在日本統治下有一番大作爲的理想，包括也娶了日女爲妻。但是，看到日本總督府對台人的殖民摧殘；以稅金爲例，臺灣「一般民衆被日本人奪去的，就比日本人所給的更多」（日人尾崎秀樹的序言自承）。身爲臺灣人，這叫陳清文怎麼活下去呢？

這種身分認同的煩惱和苦悶，也傳染給他們的女兒清子。清子，照道理上說是臺灣人；但是，她的母親是日本人，流有大和民族的血液。從客觀上來看，清子是臺灣人，也是日本人。但是，她讀的是日僑學校，同學清一色的日本小孩；同學們喊她「陳桑」（陳小姐），而不是日人一般的稱呼「清子桑」（清子姑娘）。這下子她矛盾了，抓狂了！最後逼得她冒出一句大徹大悟的話：

「我既是日本人又是臺灣人，這等於我不是日本人，也不是臺灣人。」

那麼，是什麼人？什麼也不是，是個沒有護照、沒有國籍的人！沒有身分證的無奈、飄泊、苦痛，一輩子跟隨著她。

這本小說完成於一九四二年；如果要解決清子的苦悶，只有等到一九四五年日本投降，臺灣政府遣送清子回日本；但是，父親是臺灣人的陳清子小姐，能遣送她嗎？而臺灣光復了，陳清文自然沒有國籍認同的問題了。

如今，我是臺灣人？我是中國人？一中一台、兩國論或是李總統所謂特殊國與國關係，紛紛攘攘的時候，讀者應該會由這本小說的閱讀中，得到頓悟性的啓發。被租借的港澳「回歸」了，中國人說五十年不改變其現狀，有沒有立即認同港澳人是中國人？身爲李總統主張「臺灣是父親，中國是兒子」的臺灣人、臺灣是「正統」不是「租借」的臺灣人，二〇〇五年如果不幸被統，臺灣人是不是也要走上陳清子小姐的命運呢？

目前一小部分心中不認同臺灣的「外人」，一定會有如清子的苦悶，會這樣子的吶喊吧：

「我旣是中國人，又是臺灣人；這等於我不是中國人，也不是臺灣人！」

族語文學

臺灣早期的本地語文學

說話，是人類表達內在感情、思想等等的一種方法，所謂「言為心聲」。由於各國、各族或各地區人發音方法的不同，而有種種話語產生。諸多話語原來並沒有所謂高低、好壞等的差別，只要人們能夠彼此溝通，充分表達情意，也就足夠了。

但是，語言確實會受到時、空的雙重制約，無法傳播得久而遠；於是，大部分地區或國家的人們，發明了他們各自通用的「文字」。文字也和語言一樣，無所謂好壞或高低；只是它們是有形的，和無形的語言之間，在人們使用時，難免會形成若干或大或小的隔膜——這就是所謂「言、文能否一致」的問題。

如今，需要探究的是臺灣本地（註一）四大族群語言，以及用它撰寫的文學作品——所謂「臺灣話文學」等相關的問題。

一、臺灣本地語、文倡導一致的滄桑

臺灣在地質學上所謂的「古生代晚期」，也就是距今二億四千四百萬年前，才由東海的大陸棚褶曲隆起，成為海島。而由「中生代」直到「第四冰河期」，則與中國陸地相連；但是，由「更新世」（二百萬至一萬年。註二）結束至今，又都呈現孤島狀態。而在語言、文字方面，也與中國大抵處在若即若離之間：「即」時，則有許多相關；「離」時，多少人追求臺灣話的獨立，並努力創造屬於自己的文字、文學。

此外，臺灣過去長期受到異族——荷蘭、西班牙、日本和國府的統治；尤其是五十年日本的威權壓制，更激發臺人一切要求自主自治的心志，保存族語，創用文字。這些都在為創作臺灣本地語文學而作準備。一路走來，眞是辛苦備嚐，形成一頁滄桑的奮鬥史。

㈠臺灣「白話文學」運動的萌芽

臺灣受治於日本之初，忙於適應新的政權，十四五年間，並無新的、非殖民者的作品或語文理論出現。直到西元一九二〇年七月，受到中國五四白話文運動的影響，才開始注意語、文運用的問題。十六日，《臺灣青年》雜誌創刊於日本，刊有陳炘的〈文學與職務〉一文。文中指出科舉以來的古文學是死的文學，眞正的文學，負有傳播文明思想、改造社會的使命；臺灣文壇要朝「白話文學」方向努力。

陳氏此文雖然仍是用文言文書寫，但是卻如平地一聲雷，在外族統治的國度，揭櫫臺灣本地文學體裁，乃至內容創作的大方向，委實難得，可啓發後人於無窮；例如：次年（一九二一年）十月十五日，甘文芳在《臺灣青年》三卷二號中，即發表〈實社會與文學〉一文，大力批評明清以來臺灣舊文人的作品，非常不合當時的需要。

一九二二年一月三十日，陳端明首先以稚拙的白話文撰寫〈日用文鼓吹論〉，刊於《臺灣青年》四卷一號。詳明的指出中國文言文使用的三大弊病：一是不能充分表達思想。二爲數千年來的雜言巧語多，難學不普及，而使文化停滯。三是墨守古文，阻礙國人進取的精神，元氣沮喪。所以，他主張「日用文以簡便爲旨」。

(二)由「白話文學」到「臺灣唐山話文學」

一九二三年二月一日，由臺灣文化協會將《臺灣青年》改爲《臺灣》雜誌，四卷一號；留日青年黃呈聰在該期中發表〈論普及白話文的新使命〉，不僅主張使用白話文寫信、寫書、看報，也主張「統一方言」。同期，黃朝琴也發表〈漢文改革論〉一文，提出具體的白話語文落實方法如下：一爲對自己同胞不寫日文信，二是以後寫信全用白話文，三是用白話發表議論。

由於上述諸先進的提倡、鼓吹，一九二三年四月十五日，《臺灣》雜誌增刊了《臺灣民報》半月刊，開始全部採用「白話文」。這無疑是革命性的措施。而它也特闢文藝作品及論文專頁，如：第一期即轉刊有胡適的〈終身大事〉一篇。半月刊的「預告」揭示了增刊的目的，說：「用平易的漢文，或通俗的白話，介紹世界中的事情，批評時事，報導學界的動靜，……提倡文藝，……啓發臺灣的文化。」

而一九二四年四月十一日，在北京留學的張我軍，也寄一文〈致臺灣青年的一封信〉，刊於《臺灣民報》二卷七期，主張「建設白話文學，改造臺灣語言」。其說類似胡適的「文學的國語，國語的文學」（註三）。同年十一月廿一日，張氏又以筆名一郎發表〈糟糕的臺灣文學界〉（刊二卷廿四期），強烈的斥責說：「這幾年來臺灣的文學界，做出一種臭不可聞的惡空氣出來，……埋沒了許多有爲的天才。……在那裡守著幾百年前的古典主義之墓」。此話受到舊詩人連橫等人的反駁，所以他在次年（一九二五年）元月一日，又發表〈請合力拆下這座敗草欉中的破殿堂〉（刊三卷一期），以爲「臺灣的文學是中國文學的一支流。……中國舊文學……留下這座小小的，破舊的殿堂，以苟延殘喘。」

截至張氏爲止，學者雖然主張創作白話文學，使用漢字而不用日文寫作，但是在意識上仍然認爲臺灣文學是中國文學的一支，沒有獨立性。在一九二四年十月一日，連溫卿才開始鼓吹以臺灣本地語文來創作，是劃時代的見解。他的〈言語之社會性質〉一文（刊《臺灣民報》二卷十九期），認爲語文和民族境遇有關，一般人都極力保護自己的民族語言。同時，近代的政治思想，是同一民族必須使用同一的言語。連氏話的前一段是針對臺灣被日本殖民而說的；而後一段則是鼓吹台人使用自己的語文，有別於日本也有別於中國。這是前瞻的智慧之語！誠如葉石濤所說的，他說：

「以日本語文傳播知識、教化民眾，是臺灣知識份子極不願意，又違背民族意識的途徑。……而以白話文作爲溝通意志的工具，……可惜，臺灣是個移民社會，……通行數種語言，在這種情況下，白話文跟古文一樣，只是『文』，而不是『話』，離開言文一致，……還很遙遠，顯然還須費一番工夫才能變成道地的民族語文。」（同註三頁二五）

連氏即在半個月後又發表〈將來之臺灣話〉一文（二卷二十／二十一期），強調要設法保存臺灣話，進行整理，並加以改造。

至此，雖然一般的討論仍持續進行，但用中國白話文寫作的各體文章或出刊的雜誌，都迅速出現。這是所謂「白話文學」演進到所謂「臺灣唐山話文學」的過程。

㈢「臺灣本地語文學」的初步完成

所謂臺灣本地語言，包括：臺灣河洛語、臺灣客家話（或「客家台語」）、臺灣唐山話和臺灣先住民南島語等四種。其中由於臺灣河洛話使用的人特別多，成爲代表，因而有人將它稱爲「臺灣話」、「臺語」。（下文則不一定採用此話）

早在一九二三年，蔡培火的〈臺灣新文學運動和羅馬字〉一文，已主張用羅馬字拼成的臺灣白話字，來「普及臺灣語文化」。而一九二九年十二月，連橫的〈臺語整理之責任〉（刊《臺灣民報》二八九期），已注意到臺語的整理；因爲這是寫作臺灣本地語文學的先決工作。次年八月，黃石輝提出寫作鄉土文學的呼籲，即主張用臺灣本土語言來創作文學，他的〈怎樣不提倡鄉土文學〉一文（十六日起刊《伍人報》九至十一期），說：

「你是臺灣人，你頭戴臺灣天，……嘴裡說的亦是臺灣的語言，所以你……應該去寫臺灣的文學了。」

因此，他極力提倡用臺灣語言作文、作詩、寫小說、寫歌謠；描寫臺灣的事物，而不要寫貴族式的文言文和「國語的白話文」。他進而提出兩點意見：一、為增加臺灣特有的土話，如：「國語」的「我們」，臺語（按：指河洛語）有時用「咱」，有時用「阮」。二、增讀臺灣音：「無論什麼字，有必要時便讀土音。」

不僅如此，黃石輝在一九三一年七月廿四日的《臺灣新聞》上，發表〈再談鄉土文學〉一文，進一步探討用語、用字問題，說：無字可用時，盡量「採用代字」或「另做新字」。而和黃氏同時的郭秋生，在同年八月廿九日起，發表長文〈建設臺灣話文一提案〉（刊《臺灣新民報》三七九～三八〇期），認識到用「臺灣語文」（指文學化的臺灣河洛話）才能解決臺灣人的文盲症。文中，他指出臺灣話（按：仍指河洛語）有四個優點：一為比較容易學，二為可以隨學隨寫，三為比較容易發揮其獨創性，四為讀者容易了解。他同時又主張用漢字來記錄臺灣河洛話，創造臺灣河洛話文。次年（一九三二年）元旦，郭氏即知即行，在《南音》雜誌開闢「臺灣白話文嘗試」欄，輯錄臺灣歌謠、謎猜、故事；並發表若干隨筆，試作臺灣河洛話文。

在實地寫作上，鄭坤五早在一九三〇年已經用臺灣河洛話文寫短文，刊登於《三六九小報》。可惜他是舊文人，以致沒能嘗試成功。（同註三頁三六）而賴和、蔡秋桐等人的小說中，多多少少用了臺灣本地話入文，可算是已成功了（詳下）。

實則，臺灣本地語文學第一次倡導寫作期間，也有林克夫、毓文（廖姓）等人反對（註四），但雙方的爭論，隨著抗戰勝利，臺灣被國民黨政府統治，厲行所謂「國語政策」而結束。雖然如此，但上述先覺的討論與創作，均爲臺灣本地語文學奠立了理論基礎以及學習範例，影響更及於八〇年代以後臺灣本地語文學的發展。（註五）

二、臺灣本地語文學的作品

葉石濤探討臺灣本地語文學創作興盛的原因，說：「臺灣是多種族的移民社會。解嚴後的八〇年代末，各種族的種族意識抬頭，欲保種族的傳統語言和文化的希望強烈，各種族試圖用母語來實驗創作的傾向（，）已造成一股力量。」（註六）但臺灣本地語文學的創作，先決條件是要有文字；可是無可諱言的，臺灣河洛語、客家語文字化的處理方式，尙未統一，有待進一步的各派人士蠲棄山頭，加以整合。

日據初期，臺灣文人雖然寫舊文學，但是其反抗異族、趨向寫實的內容與風格，則給予臺灣本地語新文學許多啓示；所以，在一九二〇年至一九四五年的四分之一世紀中，出現了不少難得的篇章，例如：

△一九一〇年幢影樓主人在《語苑》雜誌發表劇本〈可憐之壯丁〉，描寫一個壯漢娶戲旦爲妻，而後吃盡苦頭的故事。（同註五頁九〇）

△一九二二年五月，署名「鷗」所作短篇小說〈沉默〉，批評臺人不知反抗日本的殖民統治。

△楊雲萍一九二四年六月十一日在《臺灣民報》二卷第十號，刊登短篇小說〈月下〉。

△賴和一九二五年在《臺灣民報》六十七號發表散文〈無題〉。

△賴和一九二六年元旦在《臺灣民報》第八十六號發表小說〈鬥鬧熱〉。二月十四日，又發表〈一桿「稱仔」〉，仍有強烈的反日暗示（同註七頁一二～一四）。賴氏從此「先用文言文寫好，然後……改成白話文，再改成接近臺灣話的文章。（註八）；像小說〈補大人〉、〈不如意的過年〉、〈蛇先生〉、〈棋盤邊〉、〈彫骨董〉等等，均用了許多臺灣河洛語文字。

△楊雲萍一九二六年元旦在《臺灣民報》發表小說〈光臨〉，斥責日本警察不守信。同年九月十八日，又發表〈黃昏的蔗園〉，也強烈抗議日本製糖會社的壓榨台人。（同註七頁一〇一～三）其後又寫〈秋菊的半生〉等小說，也都是名作。

△虛谷（陳滿盈字）一九二八年四月一日起三週（三天），在《臺灣民報》二〇二～四號發表小說〈他發財了〉，同年六月十七日起四週四天，又發表〈無處申冤〉，以及一九三〇年十月廿五日的〈放炮〉等三篇，均在控訴日警的濫用特權、斂財許色和欺壓台人的暴行。

△守愚（楊松茂筆名）一九二九年四月十一日起九週在《臺灣民報》二五一至二五九期，發表小說〈凶年不免於死亡〉。後來又有〈十字街頭〉、〈一群失業的人〉、〈誰害了她〉、〈顚倒死？〉等等，均忠實地刻畫台人的苦楚、掙扎和抗暴的情形。楊氏每以臺灣本地語文寫作，並使用俚語、俗語，在臺灣文學史上是佔有上席地位的；此類名作有〈斷水之後〉、〈決裂〉（均一九三二年刊出）等等。

△除前述郭秋生提倡臺灣話文不遺餘力之外，他又曾在《臺灣新民報》開闢「街頭寫眞」專欄，以「雜文」報導社會的眞相。作品中多雜新創字，使用臺灣話法造句，重要作品有〈糞屑船〉（垃圾船）。另外，他的小說有：〈死麼？〉（一九二九年刊《臺灣民報》）、〈貓兒〉（一九三二年二月廿二日刊《南音》第四號）、〈王都鄉〉（一九三五年一月六日刊《第一線》）和〈鬼〉等。

△蔡秋桐曾任雲林元長鄉五塊村保正，兼日本製糖會社原料委員，所以他忠實的記錄就可以反映當時情況。他「反面寫實」、「反語正說」的嘲諷意味，比反抗文字似乎更易令人接受。他的作品多以臺灣河洛話文寫作，著名的有：〈保正伯〉（一九三一年元旦起刊）、〈放屎百姓〉、〈奪錦標〉、〈新興的悲哀〉、〈理想鄉〉、〈王爺豬〉等等，均爲抗日小說。此外，〈四兩仔土〉小說也使用許多本地語文。

△林克夫家貧未能接受正式學校教育，苦學漢文，學養深厚。他的小說〈阿枝的故事〉（一九三一年十月三日起在《臺灣民報》刊登）反映臺灣勞工的辛酸。而〈秋菊的

告白〉（刊一九三四年七月十五日《先發部隊》）則寫養女被迫賣淫的悲哀。

△朱點人（本名朱石峰）一九三二年一月三十日起在《臺灣新民報》（四〇〇號起）發表小說〈島都〉，描寫臺灣工人覺醒後從事社會運動。〈蟬〉（刊一九三五年一月六日《第一線》）藉防空演習譴責戰爭的不義。〈秋信〉（刊一九三六年三月三日《臺灣新文學》一卷二期）則抨擊日本的殖民統治。此外，尚有〈紀念樹〉、〈脫穎〉等等小說。

△張深切半生堅決反對日本統治而主張臺灣民族解放。小說〈鴨母〉一篇，葉石濤說它「把臺灣的土豪劣紳如何勾結日本人，來欺壓無辜養鴨人家的情形，以散文詩般的體裁，節奏明快地透露出來。」（同註三頁四九）

△林越峰（本名海成），台中豐原人，二十歲常到臺灣文化協會豐原支部經營的大眾書局買書，結識書店老闆而走入臺灣文學生涯。一九三四年奔走籌備成立「臺灣文藝聯盟」，也開始創作小說。次年有作品〈好年光〉，探討臺灣農村經濟政策錯誤，人民極爲困苦；因爲日人操縱穀價。

△王詩琅，筆名王錦江，年輕時即活躍於文化運動界，撰寫不少作品，數次被捕入獄。他加入臺灣文藝協會，從事編輯工作。一九三六年刊出的〈老婊頭〉小說，反映日據下不同階層人們的苦悶、沮喪和人生百態；其中用了很多的臺灣本地語言（註九）。

△楊華，本名顯達，家貧多病，生活困苦，死時才卅七歲。以詩著名，其中〈女工

悲曲〉使用了不少臺灣河洛語彙。他又在《南音》雜誌上刊了五十二首《心弦集》的詩，用得更多；許俊雅舉出攏總（全部）、彎落去等十六個。他又使用了若干郭秋生所創新字，以擬音爲主。（註十）

在詩方面，除賴和、楊華之外，廖毓文、文瀾（廖漢臣）的〈老公仔〉、〈失業花鼓〉，怯士的〈貧民嘆〉、〈自言〉，趙秋峰的〈貧民嘆〉，宇留的〈天公反常〉等等，也都常見引述探討。（註十一）

附註

註一　一九九七年五月七日，史明在台北臺灣大衆電台節目中說：從前移民海外的中國人，稱國內爲「本土」；故臺灣人當用「本地」來與之區隔。

註二　參高鎭雄〈化石的故事〉中。

註三　本葉石濤《臺灣文學史綱》頁二三說。

註四　林文〈鄉土文學的檢討〉，一九三一年八月十五日刊《臺灣新民報》三七七期，廖文〈鄉土文學的吟味〉，同年八月一日刊《昭和新報》。

註五　詳參林央敏《臺語文學運動史論》頁二八～二九，頁五二～六九。

註六　參葉石濤〈母語文學的今昔〉，《聯合文學》第一五〇期。

註七　詳參拙編《臺灣小說名著初探》頁一～三〈臺灣首篇反殖民小說〈鬥鬧熱〉〉。

註八　見王錦江（名詩琅）〈賴懶雲論〉。

註九　以上談小說部份多參考許俊雅《日據時期臺灣小說研究》第四章。

註十　詳參許俊雅〈「薄命詩人」楊華及其作品〉，見《臺灣文學散論》頁一七五。

註十一　詳見林川夫主編《臺灣鄉土文學選集》二、三冊。

引用書、文目錄

化石的故事（中）　高鎮雄　國語日報　八十四年十二月十四日
臺灣文學史綱　葉石濤　高雄文學界雜誌社　一九八七年二月
臺語文學運動史論　林央敏　前衛出版社　一九九六年三月
母語文學的今昔　葉石濤　聯合文學一五〇期　一九九七年四月
臺灣語言音標方案手册　董忠司等　臺灣語文學會　一九九五年五月
臺語呼音法　王俊明　作者自印本　七十九年十月
臺語文學與臺語文字　洪惟仁　前衛出版社　一九九二年二日
「臺灣」命名的歷史考察　林政華　國民教育卌七卷三期　八十六年二月
臺灣小說名著新探　同上　文史哲出版社　八十六年一月
賴懶雲論　王錦江　臺灣民報二〇二號　一九三六年八月
日據時期臺灣小說研究　許俊雅　文史哲出版社　八十四年二月

臺灣文學散論　同上　同上　八十三年十一月
臺灣鄉土文學選集　林川夫主編　武陵出版公司　一九九一年十二月

臺灣河洛語文學述略

一、臺灣河洛語源遠流長

(一)「臺灣河洛語」的定名

臺灣國人使用的語言系統，從民族語言學的立場來分，只有：

(一)臺灣先住民原屬的南島語系。

(二)臺灣閩南人、臺灣客家人和臺灣唐山人所屬的漢藏語系。

現今臺灣唐山人說的是「臺灣唐山話」；客家人說的是「臺灣客家話」；閩南人說的則是「臺灣河洛話」。

漢藏語系中的漢語，有七大「方言」，閩語是其中之一；閩南語又是閩語的一部份，分佈於閩南的漳州、泉州、廈門，另外還包括臺灣、潮汕、海南島，以及浙南、江西、廣西等若干地區，甚至更及世界各地；但它的源頭，卻是「中原的河洛語」！

河洛是指黃河流域、洛（古作雒）水一帶；在西周以後到西晉的長遠時日中，幾乎都是王者之都。周武王滅殷，有意定都河洛，周公攝成王時，營建雒邑和成周（鎬京）二城；二城位於中國之中，所以有「中原」之稱。東周平王東遷雒邑，但敬王又移返成周。直至漢朝又定都長安，也是在成周附近；而將成周、雒邑改制爲河南縣、洛陽縣，統稱爲「河洛」。河洛人說的「河洛話」，那是孔丘所謂的「雅言」；和其他非中原地區的語言比較起來，當時的人覺得純正多了，而後人看來卻也頗爲典雅。雖然語言都是平等的，原本並無雅俗、好壞、是非等等之別。

不幸，在西晉永嘉年間「五胡亂華」，洛陽淪陷，西晉不久也滅亡。幸而東晉建都建康，特設「僑置制度」和「給客制度」來安置遷徙到江南地區的河洛人；於是他們便成爲僑民、客民，與江南原住人混合。再經過南朝及隋、唐，五次的輾轉遷徙，才定居於今廣東等地，而成爲「客家人」。臺灣客家人，即由廣東等地的客家衆再遷徙而來；但語言會隨時間、空間而有所不同，所以他們說的話應當稱爲「臺灣客家話」。

臺灣唐山人，即閩、廣以外的中國人，講的是「臺灣唐山話」，語言演變的過程與客家語相似。

永嘉之亂時，少數中原河洛衣冠士族，不願到江南當僑民、客民，而是顚沛流離了三、四千里路，直接到達當時的江州、晉安郡、晉安縣，也就是現在的福建南部、泉州一帶，僻處海邊，沿晉江和洛陽江而居；也曾在洛陽江上建洛陽橋以紀念故國——西晉，他們所說的話仍是「中原河洛話」。因此，臺灣河洛語的本源爲中原河洛漢語，所謂

「唐、宋古音在臺灣」。由周至今近二千年，其源流可知，亦可喜。

㈡臺灣河洛語源自中原古河洛語

臺灣河洛語源自中原古河洛語，雖然經歷長久時間，但仍有二、三百條以上的古書用語，可以證明兩者之間的源流關係。近人黃敬安曾撰《閩南話考證——古書例證》一書，歸納晉朝以前古書上的河洛語，和今天臺灣河洛人所說相合者，凡有荀子、史記、漢書等，二百四十一條。(註一)實則，早在連橫的《臺灣語典》(凡四卷)和《雅言》(凡三〇四條)中，已有無數的例證。

此外，下列各書也有不少資料可以參考：

亦玄《臺語溯源》(一九七七年，時報文化公司)

林金鈔《閩南語探源》(一九八〇年，新竹竹一出版社)

陳冠學《臺語之古老與古典》(一九八一年，台南第一出版社)

洪惟仁《臺灣禮俗語典》(一九八六年，自立晚報社)

巫永福《風雨中的常青樹》內〈古老的臺灣河洛話〉等文(一九八六年，台中市中央書局)

鄭天福《臺灣根源》(一九九一年，台南市漢風出版社)

難怪連雅堂自序其《臺灣語典》要說：

「夫臺灣之語，傳自漳、泉而漳、泉之語，傳自中國。……余以治事之暇，細爲研究，乃知臺灣之語，高尚優雅，有非庸俗之所能知；且有出於周、秦之際，又非今日儒者之所明，余深自喜也。試舉其例……。然則臺語之源遠流長，寧不足以自誇乎？」

但是，爲什麼今天的臺灣河洛話，有許多無法考察其源頭呢？姚榮松曾說：「因爲漢民族的入閩，並不是一次完成，而是二千年間經歷三、四次波浪，使它的語言層積，常常發生變動；再加上鄰近語言的互動，而形成它特有的語音和詞彙現象，例如：文白異讀的對立系統，還有同字異詞的多音現象，往往可以推測出不同層次的音韻遺跡。」（註二）

(三)找尋臺灣河洛語用字

由上面一、二節所述，可知臺灣河洛語在古代原本都有漢字；因爲時、空的關係，目前有不少和口語疏離了，有人竟因此而自卑的以爲它「有音無字」。

此種說法，連雅堂早就批斥過，他的《雅言》一書第三條即說：

「臺灣文學傳自中國（政華按：此句有語病，應作：臺灣文學的來源之一是中國），而語言則多沿漳、泉。顧其中既多古義，又有古音、有正音、有變音、有轉音。昧者不察，以爲臺灣語有音無字，此則淺薄之見。夫所謂有音無字者，或爲轉接語，或爲外來語，不過百分之一、二耳。以百分之一、二而謂臺灣語有音無字，何其傎耶！」（金楓本《臺灣語典》附錄）

上節所列，黃敬安《閩南語考證——古書例證》等多部書、文，就是吾人尋找臺灣河洛語古文字古源基礎資料。如能更加深入探求，必可越探越出，讓臺灣河洛語有音有字；依此創作出來的「臺灣河洛語文學」，既貫古又通今，勢將成爲世界最優雅的現代文學作品！

爲了討巧，一、二百年來，也有許許多多台、外人士爲了記錄、標識臺灣河洛語，或寫作臺灣河洛語文學，而發明或改良出各種記音法和仿音字，又每與有漢語古字者相雜並出，不臺不外，亦臺亦外；即使目前最古老的教會羅馬字，也屬於此。其他奇形怪狀，部件繁多，「望文生義」等等者，也不一而足，使得初學者怯步；論者呼亂，指斥各擁山頭，不易統整。

所幸，「臺灣河洛語文學」所要探討的是「文學」；由語言探得「文學」後，即可「得意忘言」；因此，只要能表現好的文學質素，不論何家何派的標記法，皆有可取。找尋各種好作品，建立新的「臺灣河洛語文學」，乃是吾人之責。

二、臺灣河洛語文學的草創

臺灣河洛語的重要源頭既然在中原河洛地區，那麼寫錄語言的文字，也以漢字爲最可行。使用河洛語漢字所創作的臺灣河洛語文學，自然會和中國漢文學有所關聯。但是，臺灣語言、文字與文學，在日政時期開始追求獨立，要保存母語，創用新字，建立臺灣本土的語文學。

一九一四年（日本大正三年），在臺日人平澤平七出版《臺灣俚諺集覽》，是早期臺灣河洛語文學研究、學習、資料的寶庫，所以影響、作用很大。

一九二三年五月，署名「鷗」所作的短篇小說〈可怕的沉默〉發表，其中已用了「新正」、「第一日」等等不少的臺灣河洛語文詞了。

一九二六年元旦發表的賴和小說〈鬥鬧熱〉，有更多的河洛語用字，如：「亭仔腳」、「一陣孩子們」、「囝仔事惹起大人代」（俗語）等等。賴和的作品越用越多，如：〈一桿「秤仔」〉、〈補大人〉、〈不如意的過年〉、〈蛇先生〉、〈棋盤邊〉、〈彫古董〉等小說都是。賴氏自言：「先用文言文寫好，然後……改成白話文，再改成接近臺灣話的文章。」（註三）

楊雲萍（二〇〇〇年八月六日逝世）在一九二五年十二月二日，寫成的小說《光臨》，其中也有「幾塊破土角」、「買二矸老紅酒」與「和他所約束的情景」等等臺灣河洛語用詞。次年所撰〈黃昏的蔗園〉中，則有「下晡」、「枉屈」（冤枉）、「泔糜」等；尤其用了臺灣河洛諺語「軟土深掘」，更是難得。〈秋菊的半生〉中，也有「鐵觀音呢，也是雪梨呢」、「結果你的性命」等的河洛語詞。

與賴和同鄉的楊守愚（名松茂）在日政時代創作了三十多篇小說，反映臺民的痛苦、掙扎和反抗的情形，其中自有許多河洛語詞，我們看其篇名，即可見知一斑，如：〈十字街頭〉（華語作「十字路口」）、〈顚倒死？〉、〈新郎的禮數〉等等均是。

前述郭秋生提倡臺灣話文不遺餘力之外，他也曾在《臺灣新民報》開闢「街頭寫眞」專欄，以雜文報導社會的眞相，在作品中多雜用新創河洛語字，使用河洛語法造句，如：〈糞屑船（垃圾船）〉中有不少例子。其他如：〈死麼？〉、〈貓兒〉、〈鬼〉等篇中也有。

一九三〇年，鄭坤五在《三六九小報》上，刊登河洛語的小品文，並輯錄山歌，叫做《臺灣國風》，也是河洛語文學的一部份。

蔡秋桐，曾任雲林元長鄉五塊村保正，兼日本製糖會社原料委員。他忠實的用許多河洛語文字來反映當時的狀況，就成爲動人的小說，如：〈保正伯〉、〈放屎百姓〉、〈王爺豬〉、〈四兩仔土〉等不少抗日小說均是。

上述郭秋生用雜文撰寫「街頭寫眞」專欄外，一九三二年元旦起，又在《南音》雜誌開闢「臺灣話文討論」欄，轉錄臺灣的歌謠、謎猜、故事等，都用臺灣河洛話文寫成。此外，他也試作臺灣河洛話文的隨筆文字。

一九三六年六月，李獻璋編的《臺灣民間文學集》出版，歌謠篇有民歌、童謠、謎語等近千首，故事篇收有〈鴨母王〉等二十三個民間傳說故事。他的「自序」扣緊臺灣河洛語文學的立場立言，他說：

「福老人乃是由閩南遷徙過來的，於文化或歷史，都逃不了中國的影響，……然而我們要知道後來新產生而比從前更好的，亦眞不少，尤其是本書所收的故事二十三篇，則都挑選臺灣獨特的東西；只有「邱妄舍」是兩地所共有的，但我們的材料比福建泉州故事集裏的，豐富百倍！」

此外，林克夫的小說〈秋菊的告白〉、朱點人的〈島都〉、〈蟬〉、〈秋信〉、〈紀念樹〉和〈脫穎〉等各篇，以及張深切的〈鴨母〉、林越峰的〈好年光〉小說等，均使用了河洛語文字。而王詩琅的〈老婊頭〉小說，用得更多。

在新詩方面，楊華的名作〈女工悲曲〉使用了不少河洛語彙。楊氏又在《南音》雜誌上刊登了五十二首《心弦集》的詩，用的河洛話文更多，有「攏總」、「彎落去」等十六個；集子中，也使用了郭秋生私創的新字，以擬音爲主。

還有，毓文、文瀾（廖漢臣〈老公仔〉、〈失業花鼓〉詩）、怯士（〈貧民嘆〉、〈自言〉）、趙秋峰（〈貧民嘆〉）和宇留（〈天公反常〉）等人的新詩中，也有河洛語話文，常被引述探討。

附註

註一　文史哲出版社本，一九九〇年四月初版。

註二　連雅堂《臺灣語典》導讀頁三，一九九一年六月，台北金楓出版社本。

註三　見王錦江（名詩琅）作〈賴懶雲論〉。

綜論

賴和的文學精神及其超越

壹、賴和的文學精神

臺灣新文學之父賴和先生的文學精神，一言以蔽之，就是「批判」的精神。前賢有稱爲「反抗精神」、「抗議精神」等等的，也不外是「批判精神」的同義語；不過，用「批判」二字，似乎比較是客觀的中性詞，也切合賴先生的人格個性。此外，賴氏在其小說〈一桿「稱仔」〉附記中，也使用「批判」一詞。

文學是一種語文藝術；所有的藝術，都需要具有批判精神，甚至是批判的行動，才具有力量，而永恆的帶領人類。彭瑞金說：「眞正的藝術家既不是目空一切，也不是硜硜然的教條信奉者，他的藝術世界裡，自有他奮全力以維護、爭取或戰鬥的原則。」他接著又闡述說：

「若果說這個原則是人間的公平、正義，好像嚴了點，卻又是事實。藝術工作者如果不堅持絕不向不公、不義妥協，它必然走向媚俗，沒有立場。（中略）人間公義的追求和堅持，可以說就是藝術的民間、人民立場的堅持，而這樣的堅持，亦是以讓一個作家（當作「藝術家」）的作品，得到跨國界、跨時空的接受、肯定。藝術家的作品……持續不移的，站穩人民觀點進行批判，就是人間的公義奮戰士了，也才能構成巨大的意義。」（註一）

賴和先生的各體作品，無疑的，最合乎彭氏所說的「人間的公義」，以及堅持臺灣「人民觀點」立場的要求；這種批判精神，代表日政時代臺灣文學的特點。

一、舊詩賦以新義

「頭顱換得自由身，
始是人間一個人；
生平此外無他願，
且自添衣自加飯。……」（〈飲酒〉詩）

確認人的存在，進而維護自由的尊嚴，是賴和先生舊詩中的基調，有別於其他詩人作品的「新義」。如果未能達到這一理念，則賴氏出之以批判。陳明台教授對此有很扼要的論述，他說：

「賴和的一生，不只透過了醫生的職業，維護人的肉體，更且透過文學創作來維護人的精神。在他的作品中，成爲底流而潺潺地流著的可以說是一種對於人的關懷，對於弱者打抱不平的憐憫，對於暴虐以及強制的抵抗，……他時時在歷史的

陰影及渦流中，回顧『個人』的存在。」（註二）

畢竟當西醫的賴氏，生平第一篇作品正是舊詩〈船入泉州〉等數首。他的詩體雖舊，內容則正如他求知識一樣，是傳統和新時代雙管兼取的。他一生經歷了臺灣人民武裝抗日運動最爲慘烈的時期，如：北埔事件、林杞埔事件、羅福星事件、噍吧哖事件、治警事件、二林事件和霧社事件等，幾乎每一事件之後，他都有詩來加以記錄、控訴或哀悼等，不論新舊詩。難怪筆名花村的黃春秀要說：「他寫舊詩，並不止於研習古書、沉潛古詩之後的複現，而是加入生活意識、時代精神後反芻而得的作品。形式上叫舊詩，實質上完全不屬於過去。……所以，賴和先生的舊詩詞應該不是舊文學，而是新文學。」（註三）眞是的論！現舉二三例詩，加以證明：

「鬱鬱居常恐負名，
祇緣羞作爲牛生；
世間未許權存在，
勇士當爲義鬥爭。……」（〈吾人〉詩）

詩意明白的表現反抗的性格、批判的精神，羞爲牛馬、爲公義鬥爭！

至於描寫當時臺灣農莊、漁村殘破的景象，賴氏有〈田園雜詩〉加以表現：

「漏天愁野蹋，亂水溢溪流，
蔗浸多黃尾，蔬寒已爛頭。」

「近海魚難獲，荒埔草任生，
民窮無活計，地壙禁開耕。……
蔚蒼林影秀，蔽野木麻黃，……
伐到根株盡，官方有表彰。……」

賴氏反對背離臺灣現實的舊文學，而提倡進步、有思想的文學作品；舊詩詞作品中有價値者，也要予以重視，他在〈開頭我們要明瞭地聲明〉一文中說：「有思想的俚謠，有意態的四季春，有情思的採茶歌，其文學價値不在典雅深雋的詩歌之下。」（註四）文中所謂的「詩歌」，指的正是當時大家所批評的舊文學。

下列一首更是直陳對殖民者的不滿的憤慨了：

「米粟糶無價，青菜也歹賣；
飼豬了本錢，雞鴨少人買；
賺食非快活，種作總艱計；
官廳督促緊，納稅又借債。」

像這樣有特色的舊詩，中國的研究者竟然有隻字未提的（註五）！

二、新詩貼近歷史

至於賴氏新詩的創作，一般研究者均能知其反映事實，貼近歷史，作吶喊式的控訴；像：〈覺悟下的犧牲〉一首，是針對一九二五年十月廿三日當天記寫彰化二林蔗農抗爭的事件；〈南國哀歌〉，是哀悼一九三〇年十月廿七日霧社抗暴事件的先住民勇士，長七十六行。而之前的〈流離曲〉則更長達一百九十二行，後幅最強烈的八十八行，被日本殖民當局禁印，反映的是日本退職官員廉買台人大量土地的事件。

現略舉一二例，來看看賴氏「史詩」的一斑：

「覺悟下的犧牲，
覺悟地提供了犧牲，……
「弱者的哀求，
所得到的賞賜，
只有橫逆、摧殘、壓迫，（；）
「我聽到這回消息，
忽然充滿了滿腹憤怒不平，
無奈慘痛橫逆的環境，
可不許盡情地痛哭一聲，……」

當時計有八十九位「弱者的鬥士們」，在覺悟必須以武力對抗日警下犧牲了！他們都在維護臺灣的眞精神而不屈。

〈流離曲〉就有下列悲切的句子：

「賣兒子的錢，已無多所剩，

甕中糧米，吃也再無幾時，
秋風涼了，身上尚是單衣，……
「農組的兄弟們，一個個
被監視拘捕，活動無策，
大人們怒洶洶，惡爬爬，
不斷地來催催迫迫，……」

而哀悼七百多名霧社青年的〈南國哀歌〉，更見悲壯：

「所有的戰士已都死去，
只殘存些婦女小兒，
這天大的奇變，
誰敢說是起於一時？
「這一舉會使種族滅亡，
在他們當然早就看明，
但終於覺悟地走向滅亡，
這原因就不容妄測。」

如果能配上賴氏著名的批判小說：〈鬥鬧熱〉、〈一桿「稱子」〉、〈惹事〉等等，那麼賴氏的文學精神，就更明顯了。梁景峰即說〈流離曲〉是「在現實和心理狀態

的困境中，也同時要奮爭自由的空氣。」他又評〈南國哀歌〉是賴氏直寫政治事件，來「強烈呈現困境的各種事實」。（註六）

三、小說篇篇控訴

賴氏生平寫了十八篇膾炙人口的短篇小說，每篇的主題特色，均或多或少具有批判性，對日本殖民、臺灣舊社會或舊傳統等。他似乎是爲批判、改革、啓發並拯救臺灣而生、而存在，也因此而永遠活在台人的心目中！

例如：〈鬥鬧熱〉一篇，是臺灣第一篇反抗日本殖民的小說，甚至更大膽的暗示：臺灣人要團結合作，在迎神賽會中培養、鍛鍊，有朝一日才可以用來對付殖民統治者；小說中不是明白的有這兩段文字？——

「可不知道那就是培養反抗心的源泉，導發反抗力的火戰。

一位像有學識的人說，『也是生活上一種餘興，……順這機會，正可養成競爭心，和鍛鍊團結力。』」（註七）

此外，它也是反封建傳統，要走出新的社會的用意；這是一般論者容易察知的。

賴氏這種頗算明白的反抗企圖，可能受了一九二五年十月彰化二林蔗農事件的影響，因此次年元旦即發表這篇小說。不過，事隔一個月，他又發表小說〈一桿「稱仔」〉，更加強烈的暗示：受苦受難的台人起來抗暴，推翻殖民統治！他爲了避免此意被日本政府察覺，就在小說的末尾，記秦得參自殺後，用這麼一行字作結束：

「同時，市上亦盛傳著，一個夜巡的警吏，被殺在道上。」

他可是用心良苦！（詳參註七頁一三～一四）除此之外，這篇小說也有「描寫社會的黑暗和被日警壓迫下的老百姓之痛苦」（註八）、「表達民生疾苦，控訴殖民政府的政治迫害、人權摧殘、經濟搾取。」（註九）的內涵。

而〈不如意的運年〉一篇，不僅在諷刺日人的貪婪統治，更不避諱的檢查、諷刺台人中的遺民性格——不敢反抗，一味的做「順民」，小說反面諷刺道：

「幸喜有馴良的人民，可以消費他（按：指日本警察）由怒火所生的熱力，不致把查大人（即日警）烘成木乃伊。」

四年後的一九三一年元旦，賴氏也寫了一篇散文〈隨筆〉，更明白的指出這一點，他說：「我們島人，……受到強權的凌虐，總不忍摒棄這弱小的生命，正正堂堂，和他對抗……天下（樣）的怨憤、海樣的冤恨，是這樣容易消亡！」（註一〇）

〈蛇先生〉一篇，除了諷刺台人迷信祖傳秘方，要台人相信知識、相信科學，以及啓蒙台人要改革思想、改變傳統中不切實際的觀念之外，更批評日人立法、執法的不公不平、虛僞與殘酷，如原文有一段話說：

「法律……啊……不知在什麼時候，是誰個人創造出來？……直到現在還保有專賣的特權。貧窮的人也才能安分地忍著餓待死。」

貳、賴和的文學超越

賴和先生是世所公認的臺灣新文學先行者，更有譽爲臺灣文學之父的。以這樣的先驅身份，理當有許多超越前人（註一一）的表現。現先舉其犖犖大而台人不能不知的幾點，敘述於後；至於其他，則舉一可以反三，不多贅述。

一、語言的革新

賴和先生生於西元一八九四年，正是日清甲午之戰的一年，次年，臺灣割讓，因此，賴氏被迫接受日本完整的教育。但是，他一輩子從不用日文寫作，完全苦學使用漢字寫作白話臺灣河洛語文學。這在當時的文壇「還是不多的」（註一二）；只是他「有些地方爲大衆之能了解而用了日語」（註一三）。吾人更不忘記他原是位客家人，他的〈大嵙崁〉詩，說：

「吾生長嵙崁，又入嵙崁鄉。（中略）聞說角板山，地勝饒風光。……即此問風俗，語若不能通。我本客屬人，鄉語竟自忘。」

由他是客家人，在日政時代，而用漢字來寫臺灣河洛話爲特質的白話文學作品，眞是臺灣新文學在語言運用上的一大革新，一大超越——超越了當時舊文人的「中國文言舊文學」。

他寫作時運用語言的方式，黃邨城說：「早期曾經先用文言文起稿，再改寫成白話文。」（註一四）所謂「白話文」指的是「接近臺灣話」的文章。（同註一一頁一三）梁德民（本名景峰）說：「當然這種方法是很費時費力的，所以後來熟練白話文後，便改用白話文直接寫作。」（註一五）這當然是他的堅強民族意識的反映。梁氏以小說爲例，說明賴和先生使用臺灣河洛語的用心，說：「小說中人物的對話也力求眞實，符合當時狀況，所以大都用臺語口氣，常用一些極幽默的古成語。」（同註一五頁四八）

當時所謂新舊文學、白話文學的論爭，在形式上，就指語言使用的問題。王錦江說：「居住在臺灣的人以來自泉漳兩州的人爲多。泉漳語的移爲文字已有困難，又何況它們已經過了幾世的土著化，因此文字之應合其語言的變遷，於今尤爲困難。」（同註一一頁一一）賴和先生早就處理了這個困難，而創作了不少具有影響力的作品。難能故可貴，也因而佳評如潮，守愚（楊松茂）的話很能作爲代表，他說：

「在一個文言文的世界中，以先人所以爲淺薄粗鄙的白話文爲文學表現的工具；寫大人先生輩以爲鄙野不文而唾棄的小說，不能不說是一種大膽的、冒險性的嘗試。……多少給予白話文陣營以自。」（註一六）

總之，我們可以說，客家人賴和先生不用日文寫作，只用漢字，是其文學用語的一大突破；不寫文言文，而寫白話文作品，是第二大突破；而不用臺灣客家話，而改用臺灣河洛話，更是第三大突破！

二、觀點的開闊

賴和先生面對問題，常使用「反向思考」，因而能深入人性核心去思考問題，「診斷出弊病的所在」。（註一七）相同的，它也能使人的觀點擴大，甚至以全世界的場位來觀照臺灣這塊土地。林瑞明用「世界主義」來說明賴和先生的超越思考。

賴氏雖然以臺灣河洛話來寫作，但他受過完整的日文教育，能藉著它吸收世界的文學資訊，有助於臺灣文學作品品質的提升。賴和用漢字寫作，無疑是受有中國文學的影響；但他不以中國文學為滿足，他除了繼承臺灣舊文學的傳統之外，自然也吸收了中國新文學、日本文學，乃至西方文學的新思潮，融貫成他自己特有的文學內涵。他受到日人、中國人的影響，較明顯，前人也每能述及；而受到西方影響的，可以他的小說《一桿「稱仔」》為例子。小說的末了有一段附記，說：「這一幕悲劇，看過好久，每欲描寫出來，但一經回憶，總被悲哀塡滿了腦袋，不能著筆。近日看到法朗士的《克拉格比》，才覺這樣事，不一定在未開發的國裡，凡強權行使的地上，總會發生，遂不顧文字的拙劣，就寫出給大家批判。」所謂《克拉格比》，比較確的音譯是「克蘭克比爾」(L. Affacire Crainquebille)，是法朗士一九一〇年的作品；透過一個小販的不公平待遇，而使作者仇視資本主義的秩序，而認同社會主義——同情弱勢族群，思考改變他們的現狀。賴氏不僅具有世界性的眼光，也眞能截長補短，影響他文學創作的動機。

賴氏對整個新文學的開展，曾發表過超越傳統，而以「粹取世界」菁華，為文學觀點。他以「新文學運動為例」說：

「新文學運動，純然是受著西學的影響而發動的，所以有點西洋氣味，是不能否認，且又受著時代的洗練尚淺。」

「新文學是新發現的世界，任各有能力人去自由墾植（殖），廣闊地開放著，粹取世界主義。」（〈讀台日語的「新舊文學之比較」〉）

好一句「廣闊地開放著，粹取世界主義」！臺灣文學不是中國文學、日本文學，也不是歐美文學，而是「一開始即具有世界主義的傾向，資源廣闊」（註一八）的特有文學、自主文學。日人尾崎秀樹〈決戰下的臺灣文學〉一文用「變則性發展」一語，來形容臺灣文學不同於日、中文學的情狀，是很貼切的。

三、後進的提攜，開創文人相重的傳統

「文人相輕，自古而然」，中國人的浩嘆，至今猶如此。但，賴和先生是位醫生，不僅在醫人身，更醫人心、醫社會國家之心。林衡哲說：「賴和是一個沒有文敵的臺灣作家，他唯一的敵人是統治者的日本人，（。）他是所有臺灣作家的精神導師，他也是日據時代最好、最負責的文藝欄主編。」（註一九）文中所說文藝欄主編，包括臺灣民報、臺灣新民報。此外，賴氏也當過《南音》和《臺灣新文學》等雜誌的編輯。

他主持二民報文藝欄的苦心與熱意，前人有口皆碑，爭相傳誦。曾深受賴氏影響的楊守愚回憶，道：

「一天平均起來，總有百名上下的病人來請他看病，則他生活之忙碌，是可以想

見的。但是，在這樣的生活中，他……爲了補白報紙空下來的版面，……毫不珍惜體力地去一一删寄來的稿子，有時甚至要爲人改寫原稿的大半部份。常常有些文章，他簡直是只留下別人的情節而從頭改寫過。」（同註十六頁三九—四一）

這樣通宵達旦的努力和熱情，自然激發了許多文學青年的創作欲望，培養和結交不少的年輕作家，例如：楊守愚、陳虛谷和楊逵等；像楊逵的筆名就是他取的（本名貴，筆名楊達，賴氏改作「逵」），而成名作〈送報伕〉更是先在民報文藝欄發表，再送到日本參加競賽而得大獎的。

賴氏不止是臺灣文學的先驅，也是後進的指引者。因此，楊守愚在一九四三年悼念賴氏時，有下列一段感性而貼切的評語，他說：

「當時如果沒有一位像懶雲（按：號）氏那樣既有創作上的天才，而且又有對新文學事業的推展抱著熱情和決心的人，來擔當、領導這個時期，並且擔任這一艘臺灣新文學的大船的舵手，則相信臺灣的新文學，是無由達成若今日的狀態和成就，而且一定還要走多少迂迴、曲折的發展道路吧！」（同註十六頁四一）

賴氏這種提攜後進、文人相重的行徑，至今無人能出其右！

附　註

註一　〈批判，才有力量〉，一九九七年十月十九日，臺灣日報副刊

註二　〈人的確認——試論賴和的人本意識〉，《臺灣文學研究論集》頁一二七，一九九七年四月，文史哲出版社。

註三　〈從舊詩詞起家的臺灣新文學之父——賴和〉，賴和紀念館編《賴和研究資料彙編（上）》頁一三七，一九九四年六月，彰化縣立文化中心。

註四　李南衡編《賴和先生全集》，一九七九年三月，明潭出版社。

註五　如：公仲、汪義生等著《臺灣新文學史初編》，一九八九年八月，江西人民出版社。

註六　同註四頁四三三〈海島之歌——「日據下臺灣文學詩選集」編後記〉。

註七　詳參拙編《臺灣小說名著新探》頁一、頁三，一九九七年一月，文史哲出版社。

註八　陳少廷《臺灣新文學運動簡史》頁三八，一九七七年五月，聯經出版公司。

註九　張恆豪〈臺灣文學之父——賴和〉，張氏主編《賴和集》頁四五〈覺醒下的犧牲〉，前衛出版社。

註十　筆者於一九九六年七月十二夜，因揭發重慶籍周全副教授於當年四月間初轉班考試涉嫌洩題，被彼唆使其舅大龍峒幫手下嘍囉三人，襲擊頭部等四處，凡縫十餘針。時正寫此篇之評論，擬投稿，血跡斑斑，血衣數件俱在；誌此以斥其暴行，並爲終身反抗惡勢力之見證。

註十一　王錦江的〈賴懶雲論〉在一九三六年時，即說：「由於要不斷地隨著時代的潮流進步的緣故，他和同時代的受到民主思想陶育的人們有些不同。」（明潭譯，《賴和研究資料彙編》上，頁七）

註十二　古繼堂《臺灣小說發展史》頁四三，一九九二年三月，文史哲出版社。

註十三　李篤恭〈磺溪一完人——懷念先賢賴和先生〉，李氏編《磺溪一完人》頁一四一，一九九四年七月，前衛出版社。

註十四　〈談談《南音》〉，一九五四年八月出版《台北文物》三卷二期，頁六〇。

註十五　〈賴和是誰？〉，見《賴和研究資料彙編》上，頁四六。

註十六　〈小說與懶雲〉，《賴和研究資料彙編》上，頁三九。

註十七　參林亨泰〈賴和的反向思考〉，同註一三頁九五~九七。

註十八　林瑞明〈世界主義下的臺灣新文學〉，見康原編《種子落地》頁六三，賴和文教基金會一九九六年出版。

註十九　〈臺灣現代文學之父——賴和〉，林衡哲等編《復活的群像——臺灣卅年代作家列傳》頁一六，一九九四年六月前衛出版社出版。

葉石濤及其文學

一九九八年十一月七日，淡水工商管理學院臺灣文學系頒致「臺灣文學家牛津獎」給臺灣小說家、文學評論家、文學史家葉石濤先生；其「獎詞」是：

「在臺灣文學最昏暗的時刻，用鄉土點亮一盞燈；在臺灣文學最迷惑的時刻，用臺灣意識闢出一條路；用一生，爲臺灣文學立座標！」

葉氏如何爲臺灣文學立座標？又他的鄉土觀念、臺灣意識如何？要探討他的文學、意識、觀念等之前，先要了解他這個人和他的人格。

一、葉石濤其人其事

葉先生在一九二五年十一月一日出生於台南市。當時臺灣仍在日政時期，國人「經過四分之一世紀的流血奮鬥，……在表面上，已默認了日本對台統治的事實。」（註一）但是，日本的殖民統治、臺灣人的悲情苦痛，由一位小孩子的身上已可以見知，他就是葉石濤，葉先生回憶他的童年生活，說：

「民國二〇年代，日本帝國主義統治下的臺灣，仍然是一個窮而凋敝的農業社會。……我那時剛好六歲，面臨接受學前教育的階段，（父母）不讓我去念日本人所辦的幼稚園，卻把我送到前清秀才嚴先生的書房去念古文。……八歲時不得不進公學校受日本殖民地日語教育。……臺灣總督府很明顯地有種族歧視的政策，……日本人兒童毫無疑義，在『天堂』似的優雅環境裏受教育，養成了一份統治者的優越感。」（〈說日語的那童年生活〉）

以文學的基礎──語言爲例，葉先生的日語修養很好，能說、能寫、能對譯（目前已多達三十四種）。這其實是被逼出來的，葉先生又回憶說：「從公學校到高中時代，我讀的是日文書，講的是日本話，而且自己當了公學校的老師，……從八歲到二十歲，從童年到青年，我幾乎沒機會去講臺灣話。從民國二十六年……到光復前，日本……加強推動皇民化運動，……革除臺灣人的民族意識。」

葉先生於十六歲即開始寫作，處女作是小說〈媽祖祭〉，迄今六十年，從不間斷；因此累積了七十六部以上的作品，即使在廿七歲至三一歲因所謂「知匪不報而坐牢三年」（〈牢飯〉）期間，也仍在腦海中醞釀他的作品。連同出獄後的十一年間，是「文學沉潛期」（註二），彭瑞金解釋說：

「五〇年代前後出現的臺灣作家，大都有日本殖民統治下臺灣的生活經驗，加上他們不願不誠實地投入反共文學的陣營，追懷歷史亡靈，以日據時代被殖民統治的生活爲背景創作。……他在五〇年代初便被捲入白色恐怖，遭逮捕入獄，以至整個五〇年代的生活，受此糾擾牽絆，暫停寫作。……而他自己也在更晚的八〇年代，發表過以四〇、五〇年代生活爲背景的小說」。（〈探訪葉石濤的文學教室〉）

葉先生的文學潛力無限，這可由在白色恐怖前「斷層年代」的醞釀表現看出。所謂「斷層年代」，就是臺灣光復後，國民政府禁止日本語文，要台人重頭學起所謂「國語」漢字。跨越語言談何容易？因此有不少日據時代作家銷聲匿跡了。但是，葉先生卻在一九四六年到五〇年的斷層年代中，用日文發表文學多體作品二十五篇（註三），彭瑞金論述說：

「文學活動記錄顯示，葉石濤已經形成了廣泛的文學興趣，寫小說之外，對評論、隨筆、世界文學的評介、論述，都顯得興致勃勃。其次則是，他具有中文白話文的閱讀能力，已經能將郭沫若的詩譯成日文。……四、最重要的是，他的文學，尤其是小說具有反映現實的寫實風格，注意到時局的變化、民生疾苦。」（〈斷層年代的葉石濤文學〉）

葉氏小時，父母「也屬於較富裕的地主階級，生活穩定」（同上〈說日語的那段童年生活〉）；但是，自從他入獄坐牢被釋，「返回台南之後一直找不到工作。這一年來，……依賴年老的父母過活。當年父母也沒有任何收入，……大部分是來自二弟在台南市政府當基層公務員得來的微薄薪水。」之後，葉先生在嘉義縣路過國校當代用教員，生活之清苦可以想見，但他仍認眞的生活，踏實的醞釀他的小說。（註四）

他就是這麼努力於文學，因此月月有小說，年年有小說集出版，其翻譯、文學評論、散文和編輯的書，也一一問世。單篇作品無以計數；即以翻譯的書爲例，即多達三十四種；一九九九年二月即又出版譯作《臺灣文學集——日文作品選集2》。他是位天天寫作的作家！彭瑞金說：「他不僅從來沒有以年齡作藉口，也從未以自己身上的病痛或現實的艱困爲理由，少寫一篇該寫的文章，少盡一分臺灣作家應盡的職責和使命。」他曾自述作品「出版得太多」；話說雖得很容易，其實是血淚熬鍊出來的！譬如近年他因糖尿病引起高血壓，指數高達二百，以致眼力不好，左眼近瞎，必須使用放大鏡；並且「爲了節省電力，他總是趁著陽光充足的幾個小時裏在窗邊寫作，直到陽光隱沒以後才停筆。」（董成瑜〈葉石濤不顧病體，依然樂在創作、忙於考古〉）他眼睛曾開過刀，但效果不好，一九九八年十月六日再開刀，十八日給筆者的信中說：「眼睛開刀，大放光明，看字、看人物、風景較清晰，我覺得非常高興。」（註五）吾人可以說他最高興的是：又可以輕鬆自在的看書、寫作了！

因此，葉石濤先生以寫作爲終身職志，在作品中表現他的文學內涵、感情、觀念與評論，以及他的思想、智慧，終而形成他偉大的文學人格。

二、葉石濤的文學成就與貢獻

文學的體裁不少，世間鮮少有人能具備衆體，能跨兩種以上已屬難能；葉石濤先生截至目前（一九九九年五月）爲止，凡有七十六部著述，可分爲短篇小說、文學評論、翻譯、散文和編輯五種。而五種之中，因性質不同，竟無法分其軒輊。一般以爲翻譯、編輯、散文三者較弱，而小說、文學評論較長；但是，若不就純文學或臺灣文學而論，其翻譯書多達三十四部，幾乎佔所有著述的一半，影響於社會人心的，也不可輕忽。何況像《地下村》、《臺灣文學集——日文作品選集》、《西川滿小說選》，均是純文學，更絕大多數是與臺灣文學有關的翻譯，其作用與對臺灣的影響均不小。

而編輯方面，在那戒嚴的時代，能夠「突破封鎖」，而編出《光復前臺灣文學全集》八册（與鍾肇政合作），就已是石破天驚，劃時代的工作了！何況他又有其識見，獨編《一九七八年臺灣小說選》，以及和彭瑞金合編《一九七九年臺灣小說選》等等，功業亦彪炳。

又在散文方面，《女朋友》、《不完美的旅程》，是許多人常提起的散文、隨筆作品集。而帶有自傳式的雜文集《一個老朽作家的五十年代》和《府城瑣憶》，更是研究葉氏文學者，乃至研究臺灣文學者，所常徵引的書。

至於短篇小說和文學評論方面的成就與貢獻，更是本文探討的重心。張良澤曾讚他為「臺灣短篇小說之王」；彭瑞金則稱許他：「用一生為臺灣文學立座標」，可說就是指他在文評上的貢獻與成就而說的。

茲先列舉上述葉氏七十六部書名如下，再來探討其小說與文評之偉大。

一、小說

1.媽祖祭（一九四〇年；十六歲。佚）
2.征台譚（一九四一年；十七歲。佚）
3.熱蘭遮城陷落記（原日文長篇小說；一九四六年，二二歲。佚）
4.殖民地的人們（一九四七年；二三歲。佚）
5.葫蘆巷春夢（一九六八年六月；台北蘭開書本）
6.羅桑榮和四個女人（一九六九年三月；林白出版社本）
7.鸚鵡和豎琴（一九六九年十一月；台北市晚蟬書店本；一九七三年二月；高雄三信版社本）
8.晴天和陰天（一九六九年十一月；台北市晚蟬書店）
9.葉石濤自選集（一九七五年一月；幼獅書店本）
10.噶瑪蘭的柑子（一九七五年六月；三信出版社本）
11.採硫記（一九七九年；龍田出版社本）

12.卡薩爾斯之琴（一九八〇年十月；東大圖書公司本）
13.黃水仙花（一九八七年五月；台北新地出版本）
14.姻緣（一九八七年；新地出版社本）
15.紅鞋子（一九八九年；自立晚報文化出版部本）
16.西拉亞族的末裔（一九九〇年三月；前衛出版社本）
17.臺灣男子簡阿淘（一九九〇年九月；草根出版公司本）
18.葉石濤集（一九九一年七月；前衛出版社本）
19.馘首（一九九一年）
20.異族的婚禮（一九九四年；皇冠出版公司本）

二、文學評論

1.葉石濤評論集（一九六八年九月；台北蘭開書局本）
2.葉石濤作家論集（一九七三年三月；三信出版社本）
3.臺灣鄉土作家論集（一九七九年三月；台北遠景出版公司本）
4.作家的條件（一九八一年六月；遠景出版公司本）
5.小說筆記（一九八三年九月；前衛出版社本）
6.文學回憶錄（一九八三年；遠景本）

7.沒有土地，哪有文學（一九八五年六月；遠景本）
8.臺灣文學史綱（一九八七年二月；高雄市文學界雜誌社本）
9.臺灣文學的悲情（一九九〇年一月；高雄市派色文化出版社本）
10.走向臺灣文學（一九九〇年三月；自立晚報社文化出版部本）
11.臺灣文學的困境（一九九二年；派色文化出版社本）
12.展望臺灣文學（一九九四年八月；九歌出版公司本）
13.臺灣文學入門（一九九七年六月；文學臺灣雜誌社本）

三、翻譯

1.詐婚（一九六七年，中有他人作品合集；台北市志光出版社本）
2.服裝設計畫法（日本須貝一男著；一九七三年一月；文皇出版社本）
3.思考的教室（日本多湖輝著；一九七三年九月；高雄市文皇出版社本）
4.股票心理作戰（日本近藤史郎著；一九七四年一月；文皇出版社本）
5.向神挑戰（日本〈每日新聞〉科學記者們合著；一九七四年；文皇出版社本）
6.兩性的遺傳（日本田中克己著；一九七四年；文皇出版社本）
7.減肥健康食療（日本中村礦一著；一九七四年九月；文皇出版社）
8.血型與人生（一九七四年；文皇出版社）

9. 欲求的心理（日本相良守次著；一九七五年二月；文皇出版社本）
10. 自我催眠術（日本平井富雄著；一九七五年四月；文皇出版社）
11. 人際關係（日本加藤秀俊著；一九七五年七月；文皇出版社本）
12. 嫉妒心理學（日本詫摩武俊著；一九七五年十二月；文皇出版社本）
13. 三井財閥興亡史（日本小島直記著；一九七六年八月；文皇出版社本）
14. 三菱集團內幕（日本田中洋之助；一九七六年一月；大舞台書苑出版社本）
15. 中國科學文明（日本籔內清著；一九七六年三月；文皇出版社本）
16. 消失的文明九九個謎（日本神部武宣著；一九七六年三月；高雄市大舞台書苑出版社本）
17. 癌症科學的九九個謎（日本高谷治著；一九七六年五月；大舞台書苑出版社本）
18. 女性論（日本鹽公明著；一九七六年八月；文皇出版社本）
19. 開放教室（日本朝山新一著；一九七七年四月；三信出版社本）
20. 香菸的歷史（一九七九年五月；文皇出版社本）
21. 日曆女郎（一九八五年；遠景出版社本）
22. 蛇蠍美人案（一九八六年十一月；遠景出版社本）
23. 女囚（一九八六年；台中市晨星出版社本）
24. 地下村（一九八七年；台北市名流出版社本）

25.紅籤（一九八七年八月；志文學出版社本）
26.雪融（一九八七年；圓神出版社本）
27.黃色的誘惑（一九八八年；林白出版社本）
28.黑色緞帶（一九八八年；林白出版社本）
29.愛與生與死：托爾斯泰篇（一九八八年；純文學出版社本）
30.貓會說話的故事（一九九三年八月；派色文化公司本）
31.燈台鬼（日本南條範夫著；一九九四年三月；派色文化出版社本）
32.臺灣文學集（日文作品選集１）（一九九六年八月；春暉出版社本）
33.西川滿小說選(1)（一九九七年二月；高雄春暉出版社本）
34.臺灣文學集（日文學作品選集２）（一九九九年二月；春暉出版社本）

四、散文

1.女朋友（一九八六年，台中市晨星出版社本）
2.一個老朽作家的五十年代（一九九一年七月；前衛出版社）
3.不完美的旅程（一九九三年八月；皇冠文學出版公司本）
4.府城瑣憶（一九九六年二月；派色文化出版社本）

五、編輯

1.一九七八年臺灣小說選（一九七九年；台北市文華出版社本）

2.光復前臺灣文學全集（八冊。與鍾肇政先生合編；一九七九年七月，遠景本）

3.一九七九年臺灣小說選（一九八〇年六月；與彭瑞金合編，台北文華出版社本）

4.一九八二年臺灣小說選（一九八三年，前衛出版社本）

5.淡水藝文：北臺灣文學研習營成果專輯（一九九四年六月，台北縣立文化中心出版，營講師主講內容及學員作品）

一、短篇小說

臺灣創作短篇小說者不少，但是在數量和份量上，似乎都不及葉氏。談數量，他有《葫蘆巷春夢》等十六部集子以上（亡佚和長篇小說不計），總數在一百篇以上。（註六）張良澤說：

「莫泊桑之所以被稱爲『世界短篇小說之王』，並不在於他的產量，而在於他開創了文學的新領域。同樣的，我認爲葉石濤最大的貢獻是他在臺灣文學中，樹立了短篇小說的新風範，所以我願尊他爲『臺灣短篇小說之王』。」（同上，頁五二一）

張先生所謂「新風範」指的是葉氏的小說叫人「動心」——感動心靈，故事性特強，他描述道：

「沒有什麼大道理，只叫你感到閱讀的快樂。可是當你讀完之後，自然會叫人想

起種種『道理』。」（頁五三）

㈠先住民小說的創作

就以張教授所列八十多篇小說爲準，其內容性質有四：一爲臺灣先住民的，如：西拉雅族的末裔、野菊花、黎明的訣別、潘銀花的第五個男人；另外，還有一篇〈潘銀花的換帖姐姐們〉，共有五篇，都是寫平埔族的故事。他要臺灣人重視先住民的文學傳統，藉潘銀花等西拉雅族末裔的故事，來象徵整個臺灣人的命運。而在文學的內涵意義上，則葉氏旨在開拓多種族風貌的臺灣文學，加深臺灣本土的意識。葉氏更寄望新世紀的臺灣文學，即當以此爲努力方向，他說：

「我以爲九〇年代以降的臺灣文學，應該朝向深化本土路線和多種族化之路邁進。這臺灣文學的課題，將是迎接二十一世紀的臺灣文學關鍵性的問題。」（註七）

杜偉瑛曾對葉氏的這一先住民小說主題，發表〈從葉石濤小說《西拉族的末裔》系列談「平埔族」〉一文，對上述各節都有過討論。其結語是：「《西拉族的末裔》系列，不但是開拓多種族風貌的臺灣文學，並且嶄新詮釋了臺灣意識，以及臺灣文學史上第一次以平埔族人的事蹟爲素材寫小說劃時代創舉，實已有多重而深厚的意義。」（註八）它們的意義，彭瑞金更詳細地說：

「首先，它在文化層面上，重現了被人誤以爲已消失的平埔族人明顯帶動了九〇年代的平埔族研究風氣。其次，平埔族人的社會、文化，首先進入臺灣文學的創

作領域。第三，臺灣文學首先反映多種族交融的生活面貌，引發所謂『建立多種族風貌臺灣文學』的呼籲。」（註九）

(二)白色恐怖政治小說的自呈

此外，有關白色恐怖經驗的小說篇章，也引起讀者的注意。這包括〈紅鞋子〉、〈牆〉、〈鐵檻裏的慕情〉、〈鋼琴和香肉〉、〈黎明的訣別〉、〈線民〉、〈夜襲〉和先前創作的〈有菩提樹的風景〉等七八篇，均在反映白色恐怖時代知識份子，乃至沉默大衆的生活苦況。這是葉氏「自傳性的回顧」小說。（註十）

彭瑞金更探求葉氏早就有針對二二八事件等爲背景的政治小說，道：

「一九四九年發表〈三月的媽祖〉，質疑『政府』的合法性，暗示『革命』有理，是臺灣文學史上最早以二二八爲背景的小說。一九八〇年，美麗島事件風聲鶴唳的時候，他發表了〈有菩提樹的風景〉，描寫老大哥的眼睛無所不在，諷刺特務統治。」

(三)多族群風貌小說的實驗

此外，葉氏另有一類小說，可名爲「多族群風貌小說」。一九九一年葉氏出版《馘首》小說集，各篇均以臺灣各族群融合現象爲其主題。不過，葉氏畢竟是小說家，他不從先天的血統、膚色等上頭著墨，而是描繪各族群由於生活的因素而混化融合，甚至需先付出代價。其內容仍具一貫的寫實風格，彭瑞金描述道：

「客族人的墾地連接賽夏族的部落，福佬人與西拉雅人互通生活資源，彼此融合的理由和彼此矛盾衝突的理由相同，都是基於生活的條件，而不是由於血統、膚色的原因。」（註十一）

而一九九四年出版的《異族的婚禮》小說集之中的十篇小說，除〈天公生〉一篇之外，九篇均以「辜安順」爲主角人物，展開族群融合的情節敘述；例如：〈三姑和她的情人〉在暗示愛情並沒有國界；〈警部補的女兒〉由跨國婚姻，產生身分認同問題；〈脫走兵〉寫台日男女的友誼等；〈叛變〉則爲台、日二國士兵在生活的照顧上，建立跨國情誼。尤其是在〈牽曲〉裏，寫辜安順發現阿嬤原來是平埔族人，她指示辜去參加平埔族的牽曲，因而情定了平埔族女子碧玉小姐。更有〈異族的婚禮〉一篇，以戰爭物質奇缺的時代爲背景，基於生存的需要而使各國、各族群人互通有無，形成溫馨有趣的人際關係；而最令人驚訝的是：西拉雅族青年潘，祖先更有荷蘭血統！

由於葉氏有平埔族血統，故發展出他的多族群、多種族文學觀，啓發台人及外國人對臺灣文學乃至臺灣的深層探究與認知。彭瑞金說《異集》是「以四〇五〇年代臺灣人生活爲緯，試圖織出一張基於人道的，融合各族群共存共榮的遠景來。」（註十二）

㈣個人不忘家國的抒情小說

至於描寫一般感情的、情慾的小說也有；不過，有臺灣本土意識和寫實主義自覺的葉氏，將「小敘述」和呈現當時臺灣人民被政治所禁錮的心靈世界——所謂「大敘述」，結合在一起，形成波瀾壯闊的小說場景。此類小說以〈齋堂傳奇〉爲代表。它描寫主角李淳因爲身心成熟帶來性的苦悶，加上因戰爭而無法過正常生活的心靈困阨，兩相煎熬的情節貫穿全篇。而藉女主角素珍，則傳達渴望和平的非戰思想、反對極權的抗議精神二者。在在呈現葉氏小說的厚度與深度。

與〈齋堂傳奇〉同性質的作品，有〈行醫記〉、〈獄中記〉、〈鬼月〉、〈墓地風景〉、〈青春〉和〈羅桑榮四個女人〉等，許素蘭女士說他「以令人目眩的瑰麗色彩、豐富多變的筆調，呈現葉石濤波瀾壯闊的文學江河與漲潮洶湧的內心世界。」（註十三）

二、文學理論與批評

葉氏生於一九二〇年代，十六、七歲就開始寫作，四〇年代發展了爲數不少的小說，也一直在涉獵外國文學和外國文學理論。但在五〇年代之初，卻因所謂「知匪不報」的罪名，被判有期徒刑五年，三年後減刑出獄。之後有十年多雖無作品發表，但所蓄積的能量，使得他在六〇年代，復出後，一手寫小說，一手寫評論和建構臺灣文學史，是戰後第一位爲臺灣本土文學發言的人；直至於今天仍創作不輟，老而益壯。

㈠助編西川滿《文藝臺灣》影響一生

葉氏在十六歲中學四年級時，將獨白體小說〈征台譚〉，投稿日人西川滿所辦《文藝臺灣》，未錄用，但卻因此結識主張唯美的西川先生。二年後畢業，應聘爲助理編輯，次年辭職；前後有二三年的時間，斷斷續續受到西川的啓發和影響。葉氏後來雖堅持寫實主義，但作品和評論也不乏偶而的浪漫和耽美，有西川滿的影子。彭瑞金即說：

「葉氏成了西川滿的助手，也可以說師事西川滿，從此他學法文；因此葉氏文學創作中，早期具有莫泊桑的諷刺，兼有斯達爾的人理刻劃，又同時兼擅雨果式的小物哀愁……等法國小說風味的作品，無疑是這段文學經歷的影響。」（註十四）

㈡「斷層年代」文學主張改變

葉氏在終戰後的一九四六至五〇約四年「斷層年代」中，一面用日文發表作品及評論文字，一方面也努力學華文、教華文，曾寫過評論文字〈一九四一年以後的臺灣文學〉（一九四八年），以及評論法國文學的三篇文字（一九五〇年）。這當中，他生活顛沛，感受到寫實主義的必要，在一九四八年即發表殖民地經驗的歷史小說〈河畔的悲劇〉。次年發表〈三月的媽祖〉小說，是他最早的政治小說；而〈伶仃女〉小說是女性覺醒小說。而又次年的小說〈莫里斯貝尼奧斯基的遭遇〉，則是探討種族定義，在在均影響以後他的文學論點。

即以〈一九四一年以後的臺灣文學〉一文爲例，所評雖然只及皇民化的崛起和沒落，但「他想成爲臺灣文學評論家或文學史家的野心，很可能就是從這裏開始的。」何以見得？彭瑞金接著分析說：它「透露了一些他的文學觀察特質。首先，他頗強調文學的外在因素，認爲『殖民經濟』、『抗日反帝的現實的鬥爭』、『社會變動』決定了文學發展的命運。其次便是，爲藝術而藝術的逃避現實和趨向左拉自然主義缺乏戰鬥精神，所造成的影響；顯示他改信寫實主義的堅定想法。第三，文學不是形而上學，是『一定的社會的政治經濟的反映』；文學作品誕生時的『社會環境支配臺灣作家的意識』；文學需要得到人民的支持，對人民要具有指導的力量。」（註十五）

㈢一九六五年復出不同凡響

一九五四年，葉氏捲入白色恐怖雖獲無罪，卻交付感化三年期滿獲釋，此後十一年「蹉跎歲月」（葉氏語），一片空白；但卻如冰山，當其在一九六五年復出後，所展現的可以證明這十一年沒虛渡。在小說創作上之豐富而深刻的成就，上文已提及。在文評方面，且看其作品成果：一九六五年發展〈論吳濁流「幕後的支配者」〉及〈臺灣的鄉土文學〉。尤其是後者更揭櫫此後他力主「文學來自土地」（註十六），以及「在臺灣文學最昏暗的時刻，用鄉土點亮一盞燈」的起點！次年，一口氣寫了三篇重要文論：吳濁流論、鍾肇政論及卡謬論。又次年，發表〈兩年來的省籍作家及其小說〉、〈論七等生的小說〉。在威權戒嚴時代而敢用「省籍作家」之名，並對其作品加以評論，可見其膽識。又次年（一九六八）即出版《葉石濤評論集》，以至五年後（一九七三年）的《葉石濤作家論集》，均在做作品論的實際批評，當然是以臺灣意識、鄉土論點。

此間，第一也是最重要的一篇文論，是一九六五年在被當權者視爲毒草的《文星》雜誌，所發表的〈臺灣的鄉土文學〉。彭瑞金譬之爲葉氏「閉關十四年修得的正果」。他又說：

「這篇文章清楚闡釋了他個人的文學理念，更重要的是給臺灣的文學特質、歷史、傳統，做了明確的界說，清晰地標示了臺灣作家承傳的使命、方向。它肯定鄉土文學是臺灣人自己所建立的文學，和臺灣人的思想、感情、生活有密切的關係，是臺灣特殊的歷史背景、地理環境和人文景觀的特定產物。並且從日據時代以來，已經建立了它優美的傳統，並鼓動『本省作家個個像受難的使徒背著沉重的十字架，……建立自己的文學。』」（註十七）

以鄉土立說，這就是彭文所說「為臺灣文學發言」！他是文學暗夜的點燈人。其石破天驚，「可以說是戰後第一篇以臺灣為主體思考的文學意見發言」。彭瑞金〈葉石濤的文學發言與戰後臺灣文學的發展〉）

(四)〈臺灣的鄉土文學導論〉續催本土意識

大家都知道，一九七七年五月六日臺灣產生了一場「鄉土文學論戰」，影響深遠；而在十一二年前的一九六五年，葉氏即發表一篇〈臺灣的鄉土文學〉，因此，它可說是戰後臺灣文學本土意識的啓蒙。而在一九七七年五月一日出版的《夏潮》第十四期，葉氏寫了〈臺灣的鄉土文學導論〉。不知雜誌是否如期出版；如是，此文當是鄉土文學論戰的近因；如不是，則葉氏當是在三、四月間就完稿了，因此一定比論戰者更早強調臺灣本土意識，其先知的智慧是無可懷疑的。

這篇文章，彭瑞金有扼要而貼切的評論，說：

「在體型上，接近一本書的序言，和〈臺灣的鄉土文學〉一文，也有一脈相連的軌跡可循。這篇文章首先從地理條件和自然環境特質上，強調臺灣文學條件的殊異性。當然這也是侷限於漢族裔臺灣人主觀意識的文化觀點，因此，他強調了漢民族文化對臺灣文學的直接影響。不過，話鋒一轉，他爲臺灣文學定出明確的條件：是以臺灣爲中心寫出來的作品，站在臺灣的立場，具有根深蒂（柢）固的『臺灣意識』」。（註十八）

一九七六年直至一九八六年間，長達十一年，葉氏突然停止創作，成了「專業評論（彭瑞金語，見《瞄準臺灣作家》頁一〇二），對象則爲戰前作家、作品，並探討臺灣文學的未來走向；終於促發他爲臺灣文學寫史的心願。

㈤爲臺灣文學流變建史

由以上所述，略知葉氏是如何在政治、學術、文化、社會等「四面楚歌」的情況下，堅持他的「臺灣文學本土化是必然途徑」、「沒有土地哪有文學」觀點；但畢竟形勢比人強，本土聲音在當時只是「不絕如縷」，因此，在一九八四年有了爲臺灣文學撰寫歷史的念頭，他說：

「三百多年來的臺灣文學，的確具備了成爲獨立的『文學史』的條件。而在八〇年代的末期，逐漸開放的現代消費社會，民眾……迫切需要的是對這一塊我們賴以爲生在的土地的認識和認同。當然，一部臺灣文學史的出現，是整個新文學建

構上的重要一環，深刻地認識臺灣過去的文學活動，在認同臺灣，在建立新的臺灣意識上是有其重大意義的。」（註十九）

臺灣第一部、劃時代的《臺灣文學史綱》終於在臺灣解嚴之前五個月出現了》——一九八七年二月。這可說又再一次作「預言」，預言「解嚴」、「完全民主」這個大時代的來臨！在五年前，葉氏已出版《沒有土地，哪有文學》的評論集，書中大抵已述及他的文學史觀；但這部「史綱」才有完整而全面的表達；對臺灣文學的存在，也才做了最有力的見證。臺灣已有了文學史，沒有人再懷疑臺灣有沒有文學了！

此書出版後，有正反兩極的意見。正的方面，有《文訊》和《台北評論》專門為它舉辦討論會，中國時報更特頒「文化貢獻獎」給他。而在大中國意識仍瀰漫未散的學術圈，如：鄭明娳、呂正惠等它都批評它不夠「學術化」（中央圖書館臺灣分館《慶祝建館八十周年論文集》頁四四三，應鳳凰〈葉石濤的臺灣意識與文學論述〉）。平情而論這部書的也有，如：楊照說：「葉石濤付出了額外的努力，一來要將各時期文學產生的背景環境交代清楚，盡量標出文學與社會間的主要互動脈絡；二來試圖把本土意識濃厚、寫實性格清楚的作品，建立為臺灣文學的主流。」（註二十）

此外，彭小妍教授在一九九九年聯合報副刊所承辦的所謂「臺灣文學經典」研討會中，有專文討論它，題為〈等待黑暗逝去，臺灣文學光明來臨的日子〉，曾有下列數段話：

「《史綱》通篇以歷史發展的脈絡，來辯證臺灣文學存在的理由和事實，而葉石濤對臺灣歷史和文學史自有其獨到的看法，・・・《史綱》鋪陳出以『本土化』和『鄉土化』爲臺灣文學主軸的文學史圖譜，對偏離此基準的作家和流派，則一方面肯定其貢獻，一方面也指出其無法反映本土現實。……葉石濤一方面指出八〇年代前後廣爲流行的看法：由於『臺灣民眾與大陸隔絕幾達八十多年，臺灣文學實際也發展了具有地方性特色的文學傾向』，因此臺灣文學應該建立自主性，發展自己的文學特性；一方面也主張臺灣文學是『世界文學』的一部分，應該用『世界性的眼光』來審視它。也就是這種世界性的視野，使得《史綱》……具備自我批判的特質。」（頁一至三）

而以葉石濤爲『導師』的彭瑞金，了解《臺灣文學史綱》的特色與寫作用心，他在〈葉石濤的臺灣文學評論和文學史〉一文中說：

「他體認到了文學史應有的客觀性。首先，《文學史綱》修正了以新文學爲範疇的舊觀點，將上限推到十七世紀中葉……的沈光文，肯定舊文學播種的貢獻。顯示……文學不再依附抵抗精神而生，不能直接解釋是抵抗運動的一環。其次，它撤除了『地域性』的障礙，不分本省、外省，容許不具臺灣自然景觀和民性風俗的作品，進入臺灣文學的領域，……因爲文學的理由。……《史綱》……可能爲了客觀、翔實地照顧到各種面向的文學活動，作者也放下了評論家的批判性格，

失去了展示個人明確史觀的機會，但從另一方面看，這種沒有成見的羅列方式，也有更接近史的本相的好處。」（註二十一）

彭氏由葉氏〈臺灣鄉土文學學史導論〉一文過渡到《臺灣文學史綱》的撰寫，乃至葉氏文學評論的關聯，作了如下的詮釋說：

「自一九六五年以後迄動手寫《臺灣文學史綱》止，寫了不下兩百篇文章，可見他在朝向臺灣文學史的建構過程裏經過了多元思考，多重考量的審愼態度，他給自己的文學史著作定位在：臺灣文學創作背景和特質的澄清。他的比較保留的心態，修正了六〇年代臺灣文學飽受壓力下的發言。也許他體認到了文學史應有的客觀性。《臺灣文學史綱》可以視爲他的臺灣文學評論的延長而不是終點。」（同上頁二四二七）

㈥建立「開拓多種族風貌的臺灣文學」理論

葉氏於一九九三年十月十六日在清華大學提出「開拓多種族風貌的臺灣文學」之說法，他說：

「大約從三萬年前舊石器時代左鎮人出現在臺灣開始，臺灣一向是多種族的社會邁入有文字的歷史時代，也就是十七世紀的荷據時代開始，臺灣逐漸變成『漢番雜居』的移民社會。……在一九四〇年代後期，從中國又來了一批新移民以後，臺灣目前的種族應爲五個……分別是……山地原住民九族、平埔九族、閩南人、客家人以及外省人。……山地原住民擁有豐富的口傳文學。……今後我們希望平埔族人中有作家出現，能溯往而探討其族群的歷史和傳承，創造異於漢人作家的獨特族群思考方式的文學作品。……臺灣漢人作家，特別是閩南系和客家系的作家，……應該努力去發揚光大平埔九族……的重要貢獻。……今後臺灣文學應該走向各種族的文學平衡發展的路徑上去，……俾能締造呈現多種族風貌的文學，這也符合臺灣自由、民主、多元化的動向的唯一途徑。」（註二十二）

葉氏這種多種族風貌文學的主張，除上述所說之外，也有許多他的現實經驗條件，以及理論基礎，他都曾經爲文述及；如：

一九六六年，葉氏在坐牢後考上台南師專，畢業分發，因爲有案底而被迫到宜蘭寒溪附近的黃興國小大進分校，鄰近泰雅部落。他和泰雅族人和他們的子第有所接觸，對之了解，曾說：「泰雅族是美麗的種族」（註二十三）。

一九九八年九月十一日至十三日，葉氏在民衆日報副刊撰文〈府城之星．舊城之月——我的種族經驗〉，歷述他和各國、臺灣各族群人交往的點滴。在臺灣各族群中，就有中國人：歌雷、穆中南、梅新；客家人：鍾肇政、李喬、曾貴海、鍾鐵民、陌上桑、彭瑞金、陌上塵、張詠雪；平埔族人吳錦發。葉氏甚至說：「客家族群的作家朋友，……在我的心裡，他們都是我的兄弟，並沒有族群情結。」（十三日）他更說他的總經驗：

「在臺灣當然我也結交了許多屬於不同族群的朋友，這些族群在我生涯的一個時

空裏，結交並非短暫的接觸，而是經常往來，跟們家庭和人都有生活上的互助。」（十一日）

因此，葉氏以爲：「臺灣多種族共同創立臺灣文學，未來會走向哪一種結局，尙待觀察。但臺灣文學的多種族特性，將影響臺灣文學發展，殆無疑義。」（〈臺灣文學的多種族課題〉）這樣的主張，彭瑞金給予相當高的評價說：

「更清晰的勾勒出臺灣文學豐厚、寬廣的遠景。」（註二十四）

(七)尋津討源，推崇黃得時說法

葉氏的多種族風貌臺灣文學論是一套完整的臺灣文學發展理論，它其實是前有所承的。他並不掠爲己有，而經常提起那是繼承黃得時先生的〈臺灣文學史序說〉等的看法。他說：

「黃得時是日治時代推動臺灣新文學運動的重要旗手之一。……他在一九四二年……發表一篇研討臺灣文學運動發展歷史的〈輓近臺灣文學史〉。……黃得時有雄心和夢想，企圖撰寫一部三百多年來臺灣文學發展的完整臺灣文學史，……包括了臺灣傳統漢語文學、臺灣白話新文學以及日本人、臺灣人日文學作家及其文學活動。……他認爲臺灣文學的定位可由三個因素切入，那便是種族、歷史和風土。……並沒有忽視原住民、外來統治者、臺灣特殊的大自然景觀等。」（註二十五）

黃先生的臺灣文學史文字，除上述〈晚近臺灣文學運動史〉之外，尚有〈臺灣文學史序說〉，是一總綱；〈臺灣文學史第一章——明鄭時代〉、〈臺灣文學史第二章——康熙雍正時代〉，原係用日文撰寫，本年二月葉石濤已全部加以翻譯出版，並且撰文說它是「被遺忘的臺灣文學史」（註二十六）

關於葉氏與黃得時先生之間的相惜、敬重之情況，彭瑞金體會說：

「（黃氏）〈序說〉也採用《英國文學史》泰納的文學三要素論，和六〇年代葉氏在提出〈臺灣的鄉土文學〉論文的觀點也相當一致。……葉氏……不得不佩服黃氏所具有的「世界性宏觀觀點」。葉氏也曾經在七〇年代撰寫〈臺灣鄉土文學史導論〉時，嘗試爲臺灣文學的包融範圍下定義。……黃的範圍論包融了所有與臺灣相關的作品，卻清楚地分作五個程度不等的相關層次；既有包融也有區分，哪些作品，哪些作家更接近臺灣的核心，哪些只是臺灣文學的外圍文學，層次分明，一目了然。」

而黃氏對先住民文學的肯定，更是葉氏所深肯，彭瑞金又說：「他（黃氏）在爲臺灣文學作定位論述時，提出了種族論，並強調了原住民具備臺灣文學主體地位的論點，經過了將近六十年，才被臺灣社會想通。……葉氏親歷其中，……他（黃氏）的文學先知地位，也只有葉氏這樣的文學史家知道。」（註二十七）

結語

上述葉石濤的生平、文學、文學評論及文學史觀，只是舉其犖犖大者，「他對世界文學的博聞強記，對日據文壇的耳熟能詳，對臺灣文壇的愛深責切。」（張恒豪〈豈容青熒指成灰〉不僅此也，「他對考古學的興趣遠過文學。」（註二十八）因而成就了他的小說、翻譯、先住民文學、文學評論、文學史等等的造詣。其偉大還無法即以論定；因爲七十六歲的他，天天仍在寫作，在『進步』；正如彭瑞金一九九九年元月出版《葉石濤評傳》末章所說：「遙遠的路，未完的旅程——還在文學火線上的葉石濤」，彭書更詳細地說：

「比葉氏更早一代的新文學作家，他們往往由於時代、環境條件不允許，鮮少人能在文學之路上馳騁幾十年，……葉老是文學長跑選手。……一面工作，一面寫作，還不是這位老作家最大的磨難，來自現實生活、健康的磨難，也在考驗他的文學奉獻意志。……五十多年辛酸寫作生涯，不過證明『作家』是個被上帝選擇的人。……總的貢獻則是在臺灣文學的成長路上，擔任點燈人。」（頁二二五——二二五六）

附　註

註一　彭瑞金《葉石濤評傳》頁一。
註二　〈葉石濤的文學發言與戰後臺灣文學的發展〉1。
註三　詳見彭瑞金《葉石濤評傳》頁二五九——二六〇葉石濤文學年表。
註四　參〈府城之星・舊城之月——Amie〉。
註五　私立淡水學院臺灣文學系主辦《福爾摩莎的瑰寶——葉石濤文學會議論文集》頁六六，〈葉石濤究竟寫過多少書〉。
註六　張良澤先生手邊有十三種，即有八十多篇；詳參上引《葉石濤文學會議論文集》頁五四～五八。
註七　所著《展望臺灣文學》自序。
註八　私立淡水學院臺灣文學系《淡水牛津臺灣文學研究集刊》創刊號頁六三。
註九　葉石濤的文學行程——老螞蟻的黑色幽默。
註十　同上彭先生語，一九九九年五月六日臺灣時報。李瑞騰〈盛開在苦難土地上〉——葉石濤的自傳體小說《紅鞋子》，亦可參考。
註十一　同上，一九九八年五月八日臺灣時報。
註十二　《書評》第十四期，〈從一本書看一位作家——葉石濤與《異族的婚禮》。
註十三　同前《葉石濤文學會議論文集》頁二五，在（禁錮中找尋生命的出口——葉石濤〈齋堂傳奇〉的雙重主題〉）。

註十四　《瞄準臺灣作家》頁一〇一，在文學的荒地上拓墾——葉石濤的文學世界〉。

註十五　〈斷層年代的葉石濤文學〉。

註十六　《臺灣文學的困境》頁三～十二。

註十七　同上引《瞄準臺灣作家》頁一〇八。

註十八　一九九六年十月二十四民衆日報副刊，葉石濤的文學發言與戰後臺灣文學的發展〉。

註十九　《走向臺灣文學》頁一七〇，寫在《臺灣文學史綱》出版前。

註二十　開創的悲憤的文學史論述——葉石濤的《臺灣文學史綱》。

註二十一　《中外文學》廿七卷六期頁二五。

註二十二　收《展望臺灣文學》頁一九～二五。

註二十三　〈府城之星・舊城之月——我和泰雅族〉。

註二十四　〈葉石濤的文學發言與戰後臺灣文學的發展〉。

註二十五　〈黃得時未完成的《臺灣文學史》，《臺灣文學集——日文學作品選集2》後記。

註二十六　一九九七年四月十四日民衆日報副刊），或「未完成的《臺灣文學史》（〈巨大的腳印〉），極力加以推重。

註二十七　〈葉石濤的《臺灣文學集》與黃得時〉。

註二十八　彭瑞金〈探訪葉石濤的文學教室〉。

引用書文目錄（以引用先後爲序）

葉石濤評傳　彭瑞金　一九九一年一月　高雄市春暉出版社

說日語的那段童年生活　葉石濤　八〇年十一月十二日中央日報副刊

牢飯　葉石濤　八十五年十月五日　自立晚報

葉石濤的文學發言與戰後臺灣文學的發展　彭瑞金　八十五年十月二十三日至十一月七日　民衆日報副刊

探訪葉石濤的文學教室　彭瑞金　八十八年三月二十三日　臺灣時報副刊

斷層年代的葉石濤文學　彭瑞金　八十八年一月十一日　民衆日報副刊

府城之星・舊城之月——Amie　葉石濤　八十八年一月十五日　臺灣日報副刊

福爾摩莎的瑰寶　彭瑞金　八十七年十一月八日　臺灣日報副刊

葉石濤不顧病體，依然樂在創作、忙於考古　董成瑜　八十五年十月三十一日　中國時報

葉石濤究竟寫過多少書　林政華　一九九八年十一月七日　私立淡水學院主辦福爾摩莎的瑰寶葉石濤文學會議論文集

展望臺灣文學　葉石濤　一九九四年八月九歌出版社公司

從葉石濤小說《西拉雅族的末裔》系列談「平埔族」　一九九八年十二月　私立淡水學院臺灣文學系《淡水牛津臺灣文學研究集刊》創刊號

葉石濤的文學行程——老螞蟻的黑色幽默　彭瑞金　一九九九年五月六日～七日臺灣時報副刊

盛開在苦難的土地上——葉石濤的自傳體小說《紅鞋子》　一九九六年四月十三日　自立晚報副刊

從一本書看一位作家——葉石濤與《異族的婚禮》　彭瑞金　一九九五年二月　省立台中圖書館《書評》第十四期

在禁錮中找尋生命的出口　許素蘭　同上《葉石濤文學會議論文集》

瞄準臺灣作家　彭瑞金　八十一年七月　高雄派色文化出版社

斷層年代的葉石濤文學　彭瑞金　一九九九年一月二十四日　民衆日報副刊

走向臺灣文學　葉石濤　七十九年三月　自立晚報社文化出版部

葉石濤的臺灣意識與文學論述　應鳳凰　一九九五年十月　中央圖書館臺灣分館《慶祝建館八十周年論文集》

開創的悲憤的文學史——論述葉石濤的《臺灣文學史綱》　楊照　一九九九年四月二十七日　中國時報副刊

等待黑暗逝去光明來臨的日子　彭小妍　一九九九年三月十九日至二十一日　文建會臺灣文學經典研討會論文集

葉石濤的臺灣文學評論和文學史　彭瑞金　一九九八年十一月　《中外文學》廿七卷六期

府城之星・舊城之月——我和泰雅族　葉石濤　一九九八年二月八日民衆日報副刊

同上，我的種族經驗　同上　一九九八年九月十一日至十三日　同上

臺灣文學的多種族課題　葉石濤　一九九七年十二月二十四日　聯合報副刊
臺灣文學集——日文學作品選集2　葉石濤　一九九九年二月　高雄市春暉出版社
巨大的腳印　葉石濤　一九九八年九月十七日　臺灣日報副刊
葉石濤的《臺灣文學集》與黃得時　彭瑞金　一九九九年三月二十一日　臺灣日報副刊